AF485838

SANGRE BLANCA

Amor, pasión y gloria

SANGRE BLANCA

Amor, pasión y gloria

Nadia Cecilia Lavarda

Copyright © 2021 Nadia Cecilia Lavarda
Todos los derechos reservados.

Dedicatoria

A todas esas mujeres valientes y luchadoras que nunca se dan por vencidas y salen a pelear la vida todos los días, que se caen y se levantan, y que a pesar de las adversidades siempre estarán ahí cuando se las necesite. Como mi mamá.

Índice

Capítulo 1

En la ciudad de Los Ángeles, California, se vive una grandiosa noche, un cielo estrellado y una brisa cálida de verano acompañan el ambiente festivo, cientos de periodistas, camarógrafos, fotógrafos, personal de seguridad y particulares, están amontonados detrás de las vallas que rodean la entrada del teatro donde se encuentra instalado un banner gigante con fondo de color negro, donde se lee en diferentes tamaños de letras en color blanco, el nombre de la película que se está promocionando: ***One more day.*** Varias personalidades famosas posan para las cámaras con este fondo detrás, luciendo sus espléndidos trajes y vestidos de gala.

Pronto se estaciona un lujoso auto negro de vidrios polarizados, todas las miradas se van hacia ahí; se acerca un hombre con una credencial colgando de su cuello y un pequeño auricular en su oreja derecha, vestido de traje negro y camisa blanca; abre la puerta trasera del vehículo. Enseguida desciende Chris Ramírez, la protagonista de la noche. Sus treinta y seis años de edad deslumbran a cada paso. Camina sonriendo por la alfombra roja, ante los flashes incesantes, se detiene de tanto en tanto para saludar al gentío que está presente gritando su nombre, prosigue su camino hasta el banner publicitario y posa luciendo su espectacular vestido largo de diseño exclusivo, de color negro con un sensual corte strapless que dejan ver la cima de sus moderados pechos y el tajo sugerente al costado de su pierna izquierda realza su metro setenta de altura; sobre su cuello, su muñeca izquierda y orejas lleva puesta una joyería de oro puro con unas piedras preciosas encastradas, su maquillaje sutil deja ver sus delicadas facciones latinas, su nariz tipo nubia, sus ojos redondeados color avellana, sus cejas anchas, sus labios carnosos coloreados con un pálido labial, su cabello negro con matices de castaño oscuro recogido, deja brillar aún más su piel trigueña.

Todos tratan de conseguir las tan preciadas fotografías que al día siguiente se verán publicadas en todos los portales del espectáculo. Otro éxito en la carrera de Chris está a punto de salir a la luz.

Mientras tanto en el modesto departamento monoambiente alquilado de unos treinta metros cuadrados en uno de los suburbios de Los Ángeles, Anya tiene el televisor led de treinta dos pulgadas encendido transmitiendo en directo la ceremonia de la presentación de la película de Chris.

El lugar se ve oscuro, lo alumbra una lámpara que pende del techo descascarado, la única ventana se encuentra junto a la cama sommier de dos plazas con las sábanas blancas revueltas; en la cocina hay una anafe de dos hornallas y una heladera bajo mesada vintage de color rojo, adentro de la bacha hay un plato y un par de cubiertos recién lavados; las paredes tienen ladrillos a la vista por el revoque caído. Cerca del mueble rack donde se apoya el televisor hay un sillón de cuero negro con algunas rajaduras y una mesa ratona de melanina negra, donde reposan un manojo de llaves, un celular, el control remoto del televisor, una caja de cartón con restos de una pizza de mozzarella, una servilleta de papel hecha un bollo y un vaso con algo de agua. Frente a un espejo apostado en una pared, Anya acomoda con sus manos su cabello castaño oscuro y lacio, en el cual se puede entrever algunas canas a pesar de sus treinta años de edad; tiene sus ojos color miel delineados con maquillaje oscuro, su tez color marfil recién duchada huele a crema humectante. Viste su metro sesenta y ocho de altura con un jeans negro desgastado con algunas roturas, zapatillas negras tipo botas cortas, musculosa blanca con la imagen del logo *Mike Bar* en color rojo y un chaleco de jeans con algunos parches de su banda de rock favorita, *The Rolling Stones*, que deja ver los músculos de sus brazos perfectamente marcados.

Enseguida va hasta la mesa ratona, toma el vaso y bebe el agua mientras mira el televisor donde se ve a Chris posando para las cámaras; toma su celular, mira la hora, rápido deja el vaso sobre la mesa, guarda el celular en el bolsillo trasero de su pantalón, agarra las llaves al mismo tiempo que recoge el control remoto del televisor, lo apaga y tira el control arriba del sillón. Deprisa se encamina hacia la puerta de salida; de un perchero donde hay colgada una campera de cuero negro desgastada, retira un morral negro con tachas plateadas y se lo cuelga cruzado, apurada sale del departamento cerrando la puerta detrás con llave.

Anya entra a la estación del metro corriendo, suena la sirena de aviso de cierre de puertas y alcanza a meterse dentro del vagón con un ágil salto, justo antes de que las puertas se cierren. Algo agitada por la corrida se sienta alejada del resto de los pasajeros cerca de la ventanilla, abre el morral y saca un libro de tapa color verde titulado *"Ojos Verdes"*, lo abre en la marcación y comienza a leer, al cabo de algunos minutos suena su celular al ritmo de *"Miss You"* de *The Rolling Stones*. Saca el dispositivo del bolsillo de su pantalón y mira la pantalla: *llamada entrante Jenny,* resuella y corta la llamada, guarda el celular en el morral junto con el libro y se dispone para descender del tren.

Sale de la estación del metro y cruza la calle con las manos dentro de los bolsillos delanteros de su jeans y los auriculares puestos en sus oídos; a pocos metros se ve una marquesina con luces de neón color verde que dice *"Mike Bar"*, pronto ingresa al local, va hasta detrás de la barra mientras se quita los auriculares, deja su morral y su chaleco en un estante bajo del mueble y saluda con un beso en la mejilla a Miguel, más conocido como Mike, hijo de inmigrantes irlandeses, él es dueño del negocio, un joven de estatura alta, con barba abundante, cabello rojizo peinado hacia atrás y rapado en los costados, lleva puesta una remera blanca de cuello redondo con el logo del bar.

—¿Cómo viene la noche? —pregunta Anya.

—Por ahora tranquilo, seguro en un par de horas se llena como siempre —dice con entusiasmo mientras cuenta los billetes de la caja registradora.

El lugar tiene una iluminación tenue, reforzado por luces de neón de diferentes colores y cortinas escocesas en tonos azules que cubren las ventanas que dan a la calle. Hay dos mesas de pool donde dos grupos de mujeres y hombres juegan una partida mientras beben sus vasos de cervezas. Alrededor hay varias mesas y sillas de madera barnizada en tono oscuro, las cuales algunas están ocupadas por varias personas ubicadas de a cuatro o dos por mesa, bebiendo y comiendo frituras. El rock punk suena de fondo a un volumen moderado desde la rockola ubicada cerca de la puerta de ingreso a los sanitarios. Las paredes revestidas en machimbre barnizado están decoradas con algunos cuadros vintage.

Alex y Jessica son las dos camareras, ambas visten la misma musculosa que Anya; ellas van y vienen llevando bebidas y trayendo vasos vacíos que dejan a un costado de la barra donde Anya prepara un trago mezclando en una coctelera las bebidas alcohólicas que están reposando a sus espaldas sobre una vitrina espejada, enseguida lo sirve en un vaso largo, el cual tiene algunos cubos de hielo y lo deposita sobre la barra frente a una mujer que se encuentra sentada en una banqueta, la cual cabecea con una sonrisa a modo de agradecimiento y se retira con su trago hacia una de las mesas.

El lugar comienza a llenarse de gente que se van acomodando entre las mesas y las banquetas de la barra y otras que se van turnando para las partidas de pool.

Anya llena varios vasos con cerveza tirada, Alex se acerca y los va retirando de a tandas, entre tanto cruzan sus miradas y se sonríen tímidamente.

Alex es parte de la comunidad latina que vive en los Estados Unidos; sus padres oriundos de México, llegaron al país justo antes de que ella naciera. Es la novia de Mike desde hace algunos meses, ella es una mujer de treinta y cuatro años de edad, esbelta, de ojos grises, delicadamente delineados, con una sonrisa encantadora que deja entrever sus dientes blancos perfectamente alineados, de tez trigueña, cabello oscuro y rulos bien definidos, viste un jeans clásico elastizado que marcan sus curvas y calza zapatillas tipo bota de lona negra con detalles blancos.

Ya han pasado varias horas, el reloj apostado a un costado de la barra marca las tres a.m. Jessica barre el suelo con la escoba mientras Anya y Alex levantan las sillas y las colocan dadas vueltas sobre las mesas.

—Noche difícil, ¿verdad? —le pregunta Alex a Anya.

—Sí, por suerte vino mucha gente —hace una pausa —. ¿Te puedo preguntar algo?

Alex afirma con la cabeza, algo sorprendida.

—¿Está todo bien entre Mike y vos? Sé que no es de mi incumbencia, pero note que ya no se van juntos y pensé que tal vez…

Alex resuella, hace una pausa.

—Perdón, no tenía que preguntar nada —avergonzada.

—Mike y yo decimos separarnos —dice acongojada.

—Ah —desconcertada —. Lo siento…

—Hace bastante que no estábamos bien, últimamente veníamos discutiendo mucho, quizás pasamos demasiado tiempo juntos, el trabajo, la convivencia.

—Disculpame no quise entrometerme.

—No hay problema, no somos amigas pero tampoco somos dos extrañas.

—Si necesitás hablar con alguien podés contar conmigo, aunque no sé si en este momento puedo ser de gran ayuda —resuella —. Yo también me separé hace poco, sé lo difícil que es.

—¿Alguna vez estuvo él por aquí? Nunca lo he visto.

—Ella no solía venir muy seguido, solo pasaba a saludar y se iba, no le gustaba este lugar, en realidad creo que no le gustaba nada de mi vida… Por eso nos separamos, seguramente —en tono socarrón.

Ambas sonríen.

—¿Compartimos el taxi entonces? —le pregunta Anya.

—Claro —afirma sonriendo y continúan levantando las sillas.

En el centro de la ciudad Chris viaja en una lujosa limusina junto a dos hombres y una mujer, todos con vestimenta elegante, algo desalineada; la música electrónica retumba adentro del vehículo; se notan jocosos y escandalosos, ríen a carcajadas mientras beben sus copas de champagne de un sorbo, el hombre de rizos rubios y ojos cafés que está sentado al lado de Chris vuelve a llenar las copas de inmediato. La mujer de tez morena que se encuentra sentada frente a Chris distribuye una línea de cocaína sobre el dorsal de su mano izquierda y la inhala, luego le pasa el resto del polvo blanco a ella, quien hace lo propio y se frota la nariz. La limusina se detiene frente al semáforo en rojo, justo cuando Anya y Alex salen del local. Anya baja al asfalto y le hace seña al taxi que se aproxima, sin notar que es observada por Chris desde la limusina.

—¡Hey! ¿Qué es lo que miras tanto? —le pregunta la mujer a Chris.

—Nada, creo que me enamoré —responde entre risotadas.

Todos ríen a carcajadas.

El semáforo habilita el cruce y la limusina se va. En tanto Alex y Anya se suben al taxi.

Comienza a amanecer, en un suntuoso departamento con grandes ventanales que dejan ver los rascacielos de la ciudad y una decoración de estilo actual, techos abovedados, de paredes altas blancas decoradas con cuadros de arte abstracto moderno, con una cocina amplia con artefactos de última generación que parecen que no han sido estrenados aún por su brillo; sobre la mesada de cuarzo blanco de la isla hay dos botellas de vino tinto vacías junto a dos copas con restos de la bebida, a unos pocos metros hay un sofá victoriano actual tapizado en paño color nude puesto sobre una alfombra de pelo largo a tono con el sofá, siguiendo el concepto abierto se encuentra una mesa rectangular con cuatro sillas estilo nórdico.

En una amplia habitación, con los ventanales cubiertos por cortinas de tela black up de color crudo, con un gran vestidor y un baño en suite; Chris despierta desnuda, se nota aturdida, se sienta en el borde de su cama, se toma la cabeza con ambas manos, mira hacia atrás girando su torso y ve al hombre de rizos rubios durmiendo desnudo boca arriba entre las sábanas revueltas de algodón negro; extiende su mano hacia la mesa de luz laqueada blanca y agarra su celular, mira la hora en la pantalla principal del dispositivo que marca las siete y cuarto a.m., enseguida va contra el hombre y lo mueve abruptamente para que se despierte; este solo responde con un quejido.

–Despierta, te tienes que ir –le dice en tono determinante mientras lo sigue empujando.

–¿Qué sucede? –dice el hombre desconcertado.

–Vamos, toma tus cosas y vete.

El hombre se despierta y frota su rostro con su mano derecha. Chris recoge la ropa de él y se la arroja encima.

–¿Tanto apuro porque me vaya? –mientras se va vistiendo.

–No sé que haces aquí todavía –le dice enojada mientras se retira hacia el baño.

–Anoche no te quejabas así –dice él con sarcasmo.

Chris reaparece con una bata de seda blanca y se va hacia la cocina, toma la cafetera humeante y se sirve en una taza de vidrio templado. Enseguida aparece el hombre vestido con su traje negro y la camisa desabotonada mostrando sus inflados pectorales.

–¿Te llamo luego?

–No molestes, vete ya –le responde con firmeza.

El hombre se encamina hacia la salida y se va cerrando la puerta detrás. Chris resuella aliviada.

En el parque se siente una brisa cálida por la mañana temprana, el sol ya se asomó, Anya corre por los senderos de cemento vestida con una musculosa y short deportivo en tonos azules, lleva puesta una gorra blanca y el cabello trenzado, tiene los auriculares puestos conectados al celular agarrado a su brazo izquierdo, mira el reloj que tiene su muñeca derecha y se desvía del sendero hasta salir del parque, a los pocos minutos llega trotando hasta la puerta de metal roja y despintada, de un gimnasio identificado con un cartel pequeño y oxidado, donde se lee: "*Boxing School*", ubicado sobre un callejón; detiene el cronómetro de su reloj, respira agitada tratando de recuperar el aire, seca la transpiración de su rostro con su remera dejando ver sus abdominales perfectamente marcados; entra enseguida.

Dentro del gimnasio se encuentra Toni acomodando los elementos de entrenamiento; él es un ex boxeador Cubano, de unos setenta años de edad con cabello gris motoso corto, ojos grandes y negros, viste una remera celeste de algodón y un short bien amplio estilo básquet.

El lugar es de medianas dimensiones, piso de cemento alisado, sobre el techo de concreto se ven colgando varias bolsas de box remachadas con cinta adhesiva, apostadas cerca de una pared hay otras bolsas tipo pera y en otro costado se encuentra un espejo que cubre la pared de lado a lado, en el centro está el cuadrilátero principal.

Anya y Toni se conocieron una noche fría, por casualidad, cuando Toni caminaba por el barrio y vio un tumulto de gente eufórica en un callejón oscuro, se acercó y ahí estaba Anya enfrentada en combate de puño con otra joven en una pelea clandestina, desde entonces la acogió y le dio la oportunidad de entrenarse como una verdadera boxeadora, la sacó de las calles y le consiguió trabajo en el bar de Mike. Toni es su gran mentor no solo en lo deportivo sino también en la vida, ya que Anya lo considera como el padre que nunca tuvo.

Anya pasa cerca de Toni y se saludan con un choque de manos sin detener su marcha.

—Buen día —le dice Anya.

—Buen día mi niña, siempre madrugadora.

—Igual que vos —le dice mientras se pierde adentro del vestuario.

—Sí, pero yo vivo aquí —dice elevando la voz.

—Pero podrías quedarte un rato más en la cama descansando —dice Anya apersonándose con un pequeño bolso.

—No puedo, es más fuerte que yo, ni bien abro los ojos necesito comenzar el día.

—En eso somos iguales —dice mientras arroja el bolso encima de las mancuernas que acaba de acomodar Toni en la base de hierro.

—Por eso eres mi preferida —expresa en un tono afable.

—¿O será porqué soy la única mujer que entrenás?

—Ya sabes, mejor de a una a la vez —dice bromeando.

Anya y Toni se dan un abrazo cordial, enseguida se separan y Anya abre el cierre de su bolso.

—¿Cómo te encuentras hoy?

—Un poco cansada, anoche hubo bastante trabajo en el bar —dice mientras saca sus zapatillas de boxeo y dos rollos de vendas blancas, estas últimas las deposita sobre un banco de madera.

—Ahora vamos a trabajar un poco más duro, cada vez falta menos para la gran noche —entusiasmado.

—Sí y yo cada vez estoy más nerviosa —dice mientras se termina de calzar las zapatillas.

—Tienes que estar tranquila, vas a llegar bien, estamos trabajando para ganar —comenta convencido.

Anya le entrega una de las vendas a Toni y le extiende su mano derecha, él comienza a vendar su mano.

—¿Y cómo está ese corazón? —pregunta en tono compasivo.

—Recuperándose, que yo sepa nadie murió por amor —responde tratando de convencerse así misma, mientras le entrega la otra venda.

—¡Esa es mi chica! —dice efusivo y comienza a vendarle la mano izquierda —. En eso también nos parecemos, no tenemos suerte en el amor.

—Vos estás solo porque querés y porque sos un viejo gruñón al cual solo yo puedo aguantar —exclama en tono burlón.

—Ah sí, ahora vas a ver la que te espera, comienza con diez minutos de soga —le ordena sonriendo.

Anya sonríe y acata la orden de inmediato.

En tanto en el departamento de Chris, ella se encuentra en la cocina sentada en una de las banquetas, bebiendo su cuarta taza de café mientras mira la sección de espectáculos en su notebook que reposa sobre la isla junto a su celular. Lleva puesta una bata de baño de algodón de color rojo y tiene su pelo húmedo. Detiene su atención en una nota con su foto que trata sobre el evento de la noche anterior. Suena su celular, mira la pantalla y ve: *llamando Richard.* Resuella molesta y atiende el llamado en alta voz.

—Hello Richard —responde denotando cansancio.

—¿Dónde estás Chris? Decime que ya estás viniendo para acá —dice alterado con su tonada uruguaya.

—No puedo decirte eso porque te estaría mintiendo —contesta despreocupada y socarrona.

—Están los productores esperándote para firmar el contrato, en veinte minutos te quiero acá —dice en tono firme.

—No me fastidies Richard, para algo eres mi representante, revisa el contrato, me lo traes y lo firmo, tuve una noche larga, no estoy para que me colmes la paciencia. ¿Ok? —dice de manera soberbia.

—Hacé lo que quieras, pero vas a tener que cambiar tu actitud o te vas a quedar sola.

—Ya estoy sola, no necesito que ni tú ni nadie me diga lo que tengo que hacer.

—A las catorce horas te va a pasar a buscar un taxi para llevarte a la rueda de prensa, te quiero ahí puntal.

—Adiós Richard —enseguida corta la comunicación ofuscada y cierra la pantalla de su notebook.

En el gimnasio Anya practica diferentes golpes sobre las manoplas que sostiene Toni. Después de varias horas de entrenamiento, su cuerpo destila sudor. Hay varios muchachos entrenando cada uno en su rutina. De repente ingresa un hombre de cabello rapado, piel morena, de unos cuarenta años de edad vestido de traje de corte sastre y corbata de seda negra, mira hacia la dirección de Anya y Toni mientras se quita las gafas de sol. Al advertir su presencia ambos interrumpen el entrenamiento y lo miran.

—Por hoy terminamos —le dice Toni y se va hasta donde se encuentra el hombre.

Anya los mira con extrañeza intentando descifrar lo que hablan entre ellos, enseguida Toni y el hombre se encierran en la pequeña oficina ubicada detrás del cuadrilátero. Anya se quita los guantes, se seca el sudor de su rostro con una toalla y se pierde en el vestuario.

En el porche totalmente vidriado de un hotel súper lujoso se encuentra Chris reposando sobre unos de los sillones de exterior de color beige, a su espalda hay un banner con el nombre de la película en diferentes tamaños de letras blancas y fondo negro.

De pie, a su lado está Richard, un hombre de unos cincuenta años de edad, correctamente afeitado, con evidencias de calvicie, estatura mediana y una panza insipiente que se destaca por sobre su saco de lino celeste.

—¿Cuántos faltan? No soporto más esto, me quiero ir —dice Chris mientras bebe un sorbo de agua de una copa.

—Dos más y terminamos —responde Richard mientras mira su celular.

—Después de esto me voy unos días, ya estás avisado —dice molesta.

—En una semana comienzan los ensayos de tu próxima película.

—¡¿Una semana?! —exclama molesta.

—Si hubieras estado en la reunión de esta mañana estarías al tanto de todo.

—No puedo más, necesito descansar —dice con desgano mientras deja caer su cabeza hacia atrás.

—Vos me pediste que te consiguiera este papel, es tu oportunidad de hacer algo diferente.

Una mujer joven se asoma por la puerta.

—Hacé pasar al que sigue por favor —le dice Richard a la mujer y se encamina hacia la salida.

Chris resuella agobiada.

Un anochecer estrellado acompaña la caminata de Anya hacia la pizzería ubicada en una esquina a unas pocas cuadras de su departamento. El local de azulejos blancos es atendido por un joven que viste delantal y una cofia de tela blanca con detalles en azul y rojo, acordes al logo de la marca que se muestra en la marquesina: *"pizza hot"*. Este es el único encargado de preparar las pizzas, armar las cajas y hacer la cobranza. Anya entra al negocio hay varias personas esperando, ella se queda al final de la fila mirando abstraída la pantalla de su celular que muestran las diez llamadas perdidas de Jenny.

—¡Anya! —escucha la voz de una mujer.

Anya levanta la cabeza y la ve a Alex sosteniendo una caja de pizza.

—¡Hey! ¿Cómo estás? —pregunta sorprendida, al mismo tiempo que se saludan con un beso en la mejilla.

—¿También tienes antojo de pizza? —pregunta Alex.

—¡Sí, amo la pizza!

—¿Quieres que la compartamos?

Anya la mira confundida.

—A la pizza —agrega sonriendo.

—Ah, sí, claro —dice saliendo de su confusión —. En casa tengo un par de cervezas frías esperando —acota.

Enseguida salen del local y emprenden la caminata.

En su departamento, Chris retira alguna prendas del vestidor y las guarda dentro de un pequeño bolso de cuero marrón que está arriba de su cama, de tanto en tanto bebe de la copa de vino tinto malbec que reposa sobre su mesa de noche; enseguida toma el libreto de su próxima película, lo ojea pasando las más de cien páginas rápidamente, vuelve a la página principal donde lee: "*Sangre Blanca*", luego lo arroja dentro del bolso, lo cierra, bebe un trago más del vino, deja la copa, agarra el bolso y se va del edificio.

En el departamento de Anya, se encuentran terminando de comer la última porción de pizza, en la caja que reposa sobre barra desayunadora de madera barnizada hay restos de masa del borde de la pizza y algunos carozos de aceitunas verdes.

Sentadas sobre unas banquetas ambas conversan a gusto, bebiendo cerveza rubia directamente de las botellas individuales.

—¿Y cómo fue que terminaste en Estados Unidos? —pregunta Alex.

—Después de que mi mamá y mi hermana menor fallecieran en un accidente de tránsito en Buenos Aires, ya no me quedaba nada y decidí venir a buscar a mi papá, él está instalado en Nueva York desde hace años, nos abandonó a mí y a mi mamá cuando yo apenas tenía dos años de edad —hace una pausa para beber un sorbo de cerveza y continúa —. Pensé que iba a poder recuperar el tiempo, que podía volver a ser su hija, pero él ya tenía otra familia y lo único que hizo fue ofrecerme dinero para que vuelva a desaparecer de su vida.

—¡Guau! Y yo aburriéndote con mi historia de bailarina frustrada —dice conmovida.

—Lo bueno es que lo tuyo tiene solución, es cuestión de que te animes, en tus redes sociales tenés muchos seguidores a los que les gusta lo que hacés, yo no entiendo mucho de baile pero creo que bailás muy bien —afirma sonriendo.

—Voy a tomar eso como un cumplido —replica bromeando —. ¿Y tú por qué elegiste el boxeo?

—Creo que el boxeo me eligió a mí —bromea —. A mi mamá la llamaban de la escuela porque yo siempre estaba metida en alguna pelea, sos igual a tu padre me decía, yo me molestaba mucho cuando me decía eso, pero no podía evitar terminar un pleito a las trompadas; después supe que mi padre la golpeaba —hace una pausa mientras se frota los nudillos de su mano derecha —. Cuando llegue acá, estaba sola y perdida, hasta que Toni me encontró peleando en la calle, él me ayudó, me entrenó y ahora solo puedo tirar puñetazos en el ring —concluye orgullosa.

—¿Y cuándo es tu próxima pelea? Me encantaría ir a verte —dice entusiasmada.

—En dos meses, sería genial que estés ahí.

Se hace un silencio incómodo. Alex mira su reloj pulsera que marca la una y cuarto a.m.

—Uy que tarde se hizo, debería irme —enuncia mientras se pone de pie.

Anya la acompaña hasta la puerta de salida.

—La pase muy bien —dice Alex tímidamente.

—Para mí fue lindo pasar las primeras horas de mi cumpleaños con vos.

—¡¿Es tu cumpleaños?! —sorprendida —. ¿Por qué no lo mencionaste antes? Hubiéramos celebrado de otra forma.

—No estoy acostumbrada a celebrar, pero gracias por la pizza estuvo genial.

Anya abre la puerta, ambas se despiden con un beso apocado en la mejilla y Alex se retira.

Al día siguiente Anya entra al gimnasio, sudando por la corrida que acaba de terminar. Se sorprende al no ver a Toni acomodando las pesas como de costumbre, se encamina hacia el vestuario, cuando ve que Toni se asoma por la puerta de su oficina.

—¡Anya! Ven, tengo que hablar contigo —su rostro denota seriedad.

Anya entra a la oficina de Toni y se sienta frente a él, separados por un escritorio de metal verde despintado. El lugar tiene seis metros cuadrados aproximadamente, hay varias repisas donde se exhiben algunas medallas y un cinturón de campeón, junto a un portarretratos con una foto de Toni celebrando aquel momento arriba del cuadrilátero. El resto de las paredes están revestidas con papel tapiz en tono bordó, bastante maltrecho en algunos sectores, decoradas con cuadros de diferentes glorias del boxeo, está alumbrado por la luz de un tubo fluorescente, en un ángulo reposa sobre una pequeña mesa de madera un televisor de tubo de veintinueve pulgadas y un reproductor de DVD.

Anya lo mira expectante, Toni resuella.

—Anoche tuve una reunión…

—¿Con el tipo ese que vino ayer a la mañana? —pregunta adelantándose.

—No, con unos productores que van a hacer una película de una boxeadora y quieren el gimnasio para entrenar a la actriz. Pensé que podrías entrenarla tú y te ganarías algunos dólares extras.

—Pero eso nos va a quitar horas de entrenamiento a nosotros —dice preocupada.

—Podemos comenzar a entrenar más temprano. La realidad es que necesito ese dinero Anya.

—No sé, falta muy poco para la pelea, ahora es cuando deberíamos de entrenar más; si gano tendrías el dinero que necesitás.

Toni hace un silencio, se frota el mentón y se cruza de brazos.

—El hombre que viste ayer, es el representante de tu rival, teníamos un acuerdo de dinero por la pelea, pero ellos están convencidos de que van a ganar y decidieron romper el acuerdo, el dinero no se repartirá.

—¡No pueden hacer eso! —exclama enojada mientras se pone de pie abruptamente.

—Pueden hacer lo que quieran porque ella es la campeona.

—¿Y qué pasa si yo gano?

—Anya, las probabilidades…

—¿Acaso no crees que le puedo ganar? —interrumpiéndolo —. ¿Para qué estamos haciendo todo esto sino confiás en mí?

Hace tiempo que vengo entrenando duro para este momento, vencí a todas las rivales que tuve adelante y ahora que puedo ser la campeona me decís que eso es poco probable –dice con enfado.

–No digo que no puedes, es solo que ella tiene mucha más experiencia que tú…

–Entonces dame las herramientas para vencerla –lo interrumpe efusivamente –. Trabajemos juntos para ser mejor que ella. Ni siquiera me importa el dinero, lo único que quiero es quitarle el cinturón de campeona y colgarlo en tu repisa de trofeos –se encamina hacia la puerta.

–¿A dónde vas?

–A entrenar, con o sin vos voy a seguir adelante –enseguida se retira.

En un rancho ubicado en las afueras de Los Ángeles, Chris se encuentra recostada sobre la que fuera la cama de su infancia, está aferrada a una fotografía que aprieta sobre su pecho mientras llora muy angustiada; la habitación está amoblada y decorada en tonos pasteles, al igual que el cubrecama con volados a los costados, la alfombra color gris de pelo corto se ve bastante desgastada; varios osos de peluche están desparramados por todo el lugar, hay un escritorio debajo de la ventana, donde reposa el guion junto a algunos lápices de colores, una caja musical y un portarretratos con una fotografía de al menos diez años atrás, donde se ve a Chris junto a su madre Ruth, su padre Carlos y su hermano Nicolás abrazados; el parecido es notable entre madre e hija, solo que Chris tiene los mismos ojos que su padre.

De repente se asoma su madre por la puerta.

—Chris… —al ver el estado de su hija entra a la habitación y se sienta al borde de la cama.

Inmediatamente Chris la abraza y ambas se unen en un abrazo estrecho.

—Lo extraño mucho —dice solloza.

—Lo sé hija, tu padre me hace mucha falta a mi también —tratando de mantenerse fuerte y se apresura a secar las lágrimas de Chris con sus manos —. ¿Vamos a comer? Preparé tu plato preferido, pastel de carne.

—Mamá, soy vegetariana.

—¿Desde cuándo? —pregunta sorprendida.

—Hace un tiempo que deje de comer carne.

—Con razón estás tan flaca, no te vendría mal comer un poco de carne, te puede dar una anemia —dice preocupada —. Voy a ver que otra cosa puedo preparar.

—Solo por esta vez lo voy a comer, pero por favor no cocines más animales —dice resignada.

—Ok —refuta mientras se pone de pie y se detiene al ver el libreto sobre el escritorio —. ¿Una nueva película?

—Sí, comienzo a rodar la semana que viene asique solo me quedo unos días —dice con fatiga.

—¿Y cómo estás con tu tema? ¿Sigues yendo a esa terapia grupal? —indaga preocupada.

—Sí, bien, esta todo controlado —responde tratando de ser convincente, nerviosa deja la foto de su padre sobre la mesa de luz y se sienta en el borde de la cama, nota la mirada de decepción de su madre —. De verdad, desde aquella vez no volví a consumir —dice persuasiva.

—Por tu bien hija, espero que sea verdad, no quisiera perderte a ti también —dice acongojada y se retira.

Chris resuella y se deja caer hacia atrás.

En el gimnasio Anya se encuentra dándole golpes a la bolsa, a su alrededor hay varios colegas que entrenan su rutina.

Toni entra al lugar y pasa por detrás de Anya, quien lo mira de reojo con reproche.

—Ven conmigo —le dice Toni sin detener su marcha y entra a su oficina.

Anya lo mira con recelo y lo sigue, entra a la oficina y lo ve colocando un DVD adentro del reproductor, el televisor está encendido.

—¿Qué pasa ahora? —le pregunta Anya soberbia.

—Siéntate y mira —le indica Toni señalando el televisor.

Anya toma una silla y se sienta con el respaldo hacia adelante, apoya sus brazos ahí y mira la pantalla donde se ve a una boxeadora en acción.

—Esa es "la pantera" Acuña, hay que estudiar bien sus fortalezas para mantenerte fuera de su alcance y sobre todo sus debilidades para saber donde y cuando atacar.

—Yo sabía que el viejo Toni no me iba a fallar —dice sonriendo y sigue mirando el video.

Toni va hasta su escritorio y agarra una caja mediana envuelta en papel de diario y se la entrega a Anya, quien la toma sorprendida, mientras Toni le da pausa al video desde el control remoto.

—¿Para mí?

—¡Feliz cumpleaños! ¿Pensaste que me había olvidado? —pregunta alegre.

De inmediato Anya rompe el papel y abre la caja de cartón, donde se encuentra con un short de satén combinado en color amarillo y negro, en la cintura lee la inscripción: *"La Leona"*. Anya mira a Toni conmovida, enseguida lo abraza.

—Es hermoso, gracias —le dice con la voz quebrada.

—Basta de sentimentalismo, tengo que entrenar a la futura campeona de peso wélter —dice Toni y le vuelve a dar inicio a la reproducción del video.

Capítulo 2

Anya y Toni se encuentran entrenando, ella golpea una y otra vez las manoplas que lleva puestas su entrenador, se nota agitada; el sudor recorre su torso, lleva puesto un top deportivo negro y un short corto del mismo tono, su cabello trenzado esta un poco despeinado, algunas mechas caen en medio de su rostro; absolutamente concentrados en cada golpe no notan la presencia de Richard que acaba de entrar junto a Chris, la cual trae un bolso deportivo colgando de su hombro, viste una calza tres cuartos negra, zapatillas deportivas del mismo tono y una musculosa de algodón blanca que trasluce el top rosa que lleva debajo.

—¿A dónde me trajiste? Este lugar es una pocilga —dice Chris por lo bajo.

—Es lo más barato que consiguieron, asique cerrá la boca —le dice Richard en voz baja —. Buen día —dirigiéndose hacia donde están entrenando.

Toni detiene el entrenamiento y se quita las manoplas.

—Toni, ¿verdad?

—Sí —al mismo tiempo le estrecha la mano.

—Yo soy Richard y ella es Chris —dice mientras la señala. Chris mira con altivez todo el lugar, sin percatarse de que la están observando.

—Chris, por favor acercate —le pide amablemente.

Chris se aproxima con desgano y le estrecha la mano a Toni.

—Él es Toni y la señorita… —se queda en suspenso.

—Anya es mi nombre —acota mientras se quita el guante derecho y le estrecha la mano a Richard y luego a Chris, ambas cruzan sus miradas por unos instantes hasta que Anya desvía la mirada al suelo.

—Anya va a ser la encargada de entrenarte —le dice Toni a Chris —. Cuando quieran pueden comenzar en el fondo está el vestuario si necesitas cambiarte.

—Perfecto, avisame cuando termines y te paso a buscar.

—¿Me vas a dejar sola aquí? —le pregunta indignada.

—Tengo cosas que hacer, divertite —le dice en tono irónico y se retira antes de que Chris pueda omitir palabra alguna.

Se hace un silencio incómodo.

—¿Te muestro el vestuario? —le pregunta Anya a Chris para romper el tenso momento.

Ambas caminan hacia el vestuario. Adentro Anya se dirige hacia el sector de bachas y duchas, estas tienen unas cortinas plásticas blancas, en una de las bachas comienza a refrescar su cuerpo con agua fría. Mientras tanto Chris deja el bolso sobre uno de los bancos de madera despintada, allí también se ve una hilera de lockers de chapa maltrechos, algunos tienen un candado trabando sus puertas, hacia su derecha hay un sector con dos cubículos con puerta de chapa; Chris recorre con su mirada llena de desdén todo el espacio, que a pesar de no ser muy amplio y de poca categoría, esta bien cuidado. Enseguida abre su bolso y de un bolsillo interno del mismo saca una pequeña bolsa de cocaína, lo abre y coloca un poco del polvo sobre el dorso de su mano y comienza a inhalar justo cuando aparece Anya, quien intenta disimular su incomodidad.

—Te espero afuera —atina a decir y se retira deprisa.

Anya se encuentra acomodando el sector para entrenar cerca de una bolsa. Enseguida llega Chris con su cabello recogido con una liga. Deja el bolso en el suelo.

—Asique vas a hacer de una boxeadora —le dice Anya en tono sarcástico.

—Sí. ¿Por? —responde altanera.

—Porque arrancaste mal, el deporte y las drogas no son una buena combinación.

—Tú ocúpate de hacer tu trabajo, que de mi vida me ocupo yo —le dice prepotente.

—Ok, empecemos con la escena que toda película de boxeo muestra, saltando la soga —dice Anya mientras agarra una soga del suelo y comienza a saltar primero a un pie, luego pasa al otro, combina uno y otro, con ambos pies a la vez y termina cruzando la soga —. Ahora hacelo vos —le dice mientras le extiende la soga.

Chris toma la soga con vehemencia, hace algunos saltos con ambos pies a la vez, pero cuando intenta cambiar de salto la soga se enreda en uno de sus pies haciéndola trastabillar, Anya la ataja evitando su caída quedando muy juntas.

—¿Estás bien? —le pregunta Anya mientras se aleja.

—Sí, gracias —responde algo avergonzada.

—Si querés aprender vas a tener que dejar tus aires de diva, acá somos todos deportistas y como tal tenés que comportarte.

—¿Quién te has creído para hablarme así? —la increpa.

—Me pidieron que sea tu entrenadora, pero la verdad es que ya tengo ganas de renunciar —se retira hacia el vestuario dejando a Chris sin la oportunidad de responder.

Inmediatamente Chris toma de su bolso el celular y llama a Richard, se nota alterada.

—Ven a buscarme ya… no me importa si estás ocupado o no, ven ahora mismo —corta la comunicación y arroja con furia su celular dentro del bolso.

Dentro del vestuario Anya se encuentra dentro de una de las duchas, se quita los restos de shampoo de su cabello y frota su rostro bajo el agua tibia, repentinamente, Chris ingresa desnuda a la ducha sorprendiéndola.

—¿Qué hacés? —sorprendida.

Chris la empuja desde los hombros contra la pared e inmediatamente se abalanza sobre ella y la besa bruscamente. Anya intenta apartarla, pero Chris le muerde el labio inferior provocándole un pequeño sangrado.

—¿Estás loca? —Anya la empuja con enfado, la toma del cabello desde la nuca y la acorrala contra la pared de azulejos blancos —. ¿Qué querés?

—A ti te quiero —confiesa soberbia.

Enseguida Chris contraataca y besa a Anya, esta vez ella le responde de igual manera y se besan con brutal pasión, sus lenguas fervientes se beben una a la otra, acariciando sus senos tiesos, poco a poco Chris se desliza hacia el vientre de Anya y se detiene bajo su sexo irrumpiendo plácidamente en su intimidad hasta desembarcar en el desahogo final. De inmediato Chris sale de la ducha, mientras tanto Anya intenta recobrar el aliento y salir de su estado de estupor, deja su cabeza debajo del agua durante varios minutos, luego cierra la canilla y sale de la ducha tapándose con un toallón de algodón blanco. Chris ya no se encuentra.

—*¿Dónde se metió?* —*piensa.*

De prisa seca su cuerpo, se viste con un conjunto de encaje blanco, un jeans clásico y una musculosa negra, se calza las zapatillas sin medias y guarda su ropa sucia en un bolso pequeño, lo toma y sale del vestuario. Busca con la mirada a Chris.

—¿Se te perdió algo? —le pregunta Toni sorpresivamente.

—¿Qué? —pregunta descolocada.

—Ya se fue —dice suspicaz.

—¿Quién? —haciéndose la desentendida.

—¿Pasó algo? Parecía que tenía prisa la actriz.

—Nada. ¿Por qué tiene que pasar algo? Me voy tengo cosas que hacer —se retira enseguida bajo la mirada inquisitiva de Toni.

Anya se encuentra en una lavandería autoservicio, sentada en una banqueta de hierro frente a la secadora, mirando abstraída como la ropa gira y gira mientras recuerda el episodio de la ducha.

—*Esta tipa está mal de la cabeza —piensa.*

La secadora termina de hacer su trabajo y suena la alarma de aviso, Anya vuelve de sus pensamientos y retira la ropa del artefacto, la mete dentro del bolso y se retira.

Camino a su casa, pasa por delante de un puesto de venta de diarios y se detiene cuando ve a Chris en la tapa de una revista cinéfila, la toma y comienza a ojearla. El vendedor se asoma y la mira a través de sus lentes bifocales de marco redondo negro.

—Cuesta cinco dólares, si continúas mirando tendrás que pagarla —dice de mala manera.

Anya lo mira ofuscada y deja la revista en el mismo lugar donde la encontró, para luego retirarse.

La noche tomó su lugar, ya entrada la madrugada Anya y Alex salen de su atareada jornada laboral, hay un taxi esperando en la puerta.

—¿Mañana entonces te paso a buscar y almorzamos juntas? Tengo algo importante para contarte —le dice Alex alegre.

—Sí, dale —responde con una sonrisa en su rostro.

—¡Anya! —se escucha el grito de una mujer a lo lejos.

Anya mira hacia todos lados y ve acercándose a ellas a una mujer de mediana estatura, de tez morena, con pequeñas trenzas en todo su cabello negro, la sonrisa de su rostro se desvanece.

—¿Qué hacés acá Jenny? —le pregunta con desgano.

—Necesito hablar contigo —dice suplicando.

—Es tarde, no tengo ganas de hablar, solo quiero irme a descansar.

—Estoy con el auto, te llevo y hablamos en el camino —insiste.

—Nos está esperando el taxi —dice Anya ante la mirada de Alex.

—Por favor —implorando.

Anya resuella y la mira a Alex.

—Me disculpas si…

—No te preocupes, ve tranquila, nos vemos mañana —dice despreocupada y se sube al taxi.

Anya y Jenny caminan en silencio hasta el Honda Fit de color rojo metalizado que esta estacionado a unos pocos metros. Se suben al vehículo, Jenny enciende el motor y enseguida están en marcha. Se nota un ambiente incómodo, Anya intenta no dirigirle la mirada y mira hacia afuera por la ventanilla de acompañante que se encuentra baja y la brisa golpea suavemente su rostro.

—¿Y cómo vas con el boxeo? —pregunta Jenny tratando de romper el áspero momento.

—Bien, entrenando mucho como siempre —responde cortante.

—¿Falta poco para la pelea no? —intenta ser amable.

—¿Para qué me preguntás esto ahora? Si nunca te interesó. Me pediste que eligiera entre el boxeo y vos, yo ya elegí, no sé que estás buscando ahora apareciéndote así —dice enojada.

—Te extraño, te estuve llamando…

—Sí, ya sé que me estuviste llamando —dice interrumpiendo —. Pero sino te contesto es porque no quiero hablar con vos —dice tajante —. Mi vida sigue igual que antes, sigo entrenando y trabajando como siempre, mi tiempo libre sigue siendo el mismo, ya me dejaste en claro que no era suficiente para vos, no sé que es lo que extrañás ahora de mí.

—Siento que quizás me equivoqué.

—¿Otra vez te equivocaste? ¿Cuántas veces lo intentamos y siempre terminamos igual? —resuella —. Creo que lo mejor es dejar las cosas como están, separadas podemos ser mejores personas y dejar de lastimarnos —dice resignada.

—¿Hay otra mujer? —ponzoñosa.

—No se trata de eso —dice con desgano.

—Entonces hay otra mujer.

—No, no hay nadie más; seguís sin entender que el problema somos nosotras, que no podemos estar juntas porque somos simplemente incompatibles —dice en tono firme.

Jenny se mantiene en silencio el resto del viaje, a las pocas cuadras estaciona el auto frente al edificio donde vive Anya, el cual tiene la fachada con ladrillos a la vista y balcones estilo francés. El silencio reina entre las dos.

—Adiós —lanza Anya finalmente, se baja del vehículo y entra al edificio sin mirar atrás.

Al día siguiente Anya se encuentra en el gimnasio acomodando el espacio para el entrenamiento de Chris, su cuerpo sudado denota haber estado entrenando hasta hace un momento. Chris entra caminando con desgano, portando su bolso deportivo, viste una calza corta negra de lycra y una remera de mangas cortas de algodón blanca; sin mediar palabra pasa al lado de Anya, la cual mira el reloj apostado en la pared principal.

—Llegás tarde —le dice al pasar.

Chris gira y le hace un gesto agresivo levantando el dedo mayor de su mano derecha y sigue su camino hasta el vestuario. Anya la sigue y entra al vestuario impetuosamente, la increpa mientras ella se encuentra cambiándose de remera.

—¿Se puede saber que mierda te pasa a vos conmigo? —tratando de mantener la calma.

Chris hace oídos sordos y se coloca una musculosa de polyester de color violeta.

—¿Vamos a entrenar o a hablar? —dice soberbia e intenta irse.

Anya la toma firme de un brazo y la tira hacia atrás, pone su mano sobre su nuca y la besa con vehemencia a lo cual Chris responde de igual manera, pronto sus cuerpos pegados chocan contra el frío metal de los armarios, saborean sus bocas mientras Anya introduce su mano por debajo de la ropa de Chris y llega a acariciar con sus dedos vigorosos la humedad de su vulva excitada frotando enérgicamente hasta desenfundar en un grito ahogado de placer. Anya se retira de inmediato, ante la mirada de Chris, quien intenta normalizar su respiración agitada.

Anya se encuentra tirando algunos golpes a la bolsa, cuando se acerca Chris se quita los guantes y se los arroja, ella intenta atraparlos pero se caen al suelo.

—Tenés que estar atenta, la droga no te permite pensar rápido —le dice en tono irónico —. Vamos a practicar algunos golpes básicos —anuncia mientras recoge los guantes del piso ante la mirada represiva de Chris.

—¿Por qué no te vas al infierno? —enojada.

—Dale, pero después de trabajar, ponete los guantes así empezamos de una vez, ya perdimos demasiado tiempo —sarcástica.

Luego de varias horas de entrenamiento bajo un clima tenso, Anya da por concluida la clase cuando ve entrar a Alex.

—¡Alex! —exclama con alegría.

—Perdón. ¿Llegué muy temprano? —pregunta Alex mientras se acerca.

—No, para nada, ya terminamos, me doy una ducha y salimos.

—Ok, te espero —dice esbozando una sonrisa, la cual enseguida se le desdibuja ante la mirada intimidante de Chris.

Anya sale de la ducha envuelta en un toallón blanco y una toalla cubriendo su cabello; se encuentra con Chris en el sector de los armarios quien la mira seriamente. Anya la ignora y abre su locker para retirar su bolso y comienza a vestirse, empezando por su ropa interior.

—¿Quién es? —pregunta Chris con enfado.

—¿Qué? —responde confundida.

—¿Es tu novia?

—Es solo una amiga —mientras retira la toalla de su cabello y lo sacude con su mano.

—Una amiga no te mira como te mira ella, algo pasa entre ustedes dos.

—Nada que ver, pero ¿por qué te tengo que dar tantas explicaciones? Que yo sepa vos y yo no somos nada.

Chris no responde y agacha la mirada, mientras Anya termina de abrocharse el botón del jeans y comienza a calzarse las zapatillas.

—¿Podemos cenar juntas esta noche? —pregunta Chris.

—No puedo —se coloca una remera con la estampa de The Rolling Stone.

—Con ella si sales pero conmigo no puedes —dice ofendida.

—No sos el ombligo del mundo Chris, a la noche no puedo porque trabajo —responde ofuscada —. Nos vemos mañana, no llegues tarde.

Anya se retira con el bolso colgando de su hombro derecho, mientras Chris la sigue con la mirada.

Alex y Anya se encuentran en un restaurant, sentadas a una mesa cerca de la vidriera que da a la calle, los transeúntes van y vienen caminando por la vereda bajo el sol caliente del mediodía.

Ambos platos tienen restos de comida, ellas conversan alegres.

—¿Y cómo van las clases de boxeo con la actriz?

—Difícil, ella es bastante complicada.

—Parecía molesta de verme en el gimnasio.

—¿Te dijo algo? —tratando de parecer natural.

—No, pero me miro mal, como si le estuviera robando a la novia.

Anya se sonríe nerviosa.

—No sé si pasa algo entre ustedes o no, pero es evidente que a ella le importas.

—No creo, a Chris solo le importa ella misma.

—Parece que la conoces bien.

—Apenas la conozco, pero basta con ver como trata a la gente y te das cuenta de como es.

—No es que la quiera defender, pero quizás la estés prejuzgando y solo estás viendo la parte que ella quiere que vean los demás. Tampoco debe ser fácil su vida.

—¿Por qué estamos hablando de Chris? Quiero saber que es eso tan importante que tenías para contarme —saliendo de la incomodidad.

—Hace tiempo que estoy con ganas de abrir una cafetería, y como están las cosas con Mike, creo que ahora es el mejor momento.

—¡Que bueno! ¿Y ya estuviste viendo algo?

—Sí, hay un local en alquiler por aquí cerca, quiero que lo veas para que me des tu opinión.

—Bueno, vamos —al mismo tiempo que le pide con un gesto a la distancia la cuenta a la mesera.

A los pocos minutos Anya y Alex caminan por la vereda y se detienen frente a un local vacío donde se lee un cartel a través de la vidriera: *"For rent, treat in the local next door"*.

—Este es el lugar. ¿Qué te parece?

—Es amplio, tiene buena ubicación —dice Anya mientras estampa su cara contra el vidrio para ver hacia el interior del local.

—¿Te gustaría que seamos socias?

—¿Nosotras? —sorprendida.

—Sí, creo que entre las dos podemos hacer algo grande.

—Me encantaría, pero la verdad es que en este momento no tengo tiempo para ocuparme de trámites y esas cosas.

—Yo me ocuparía de todos los trámites que haya que hacer.

—Pero si vamos a ser socias no me parece justo que vos te ocupes de todo.

—No te preocupes por eso, cuando tú tengas el tiempo para ocuparte bien y sino estoy yo, ¿qué dices? —pregunta con cara de súplica.

—Ok —responde resignada.

—¡Si! —exclama con alegría mientras se arroja contra Anya y la abraza —. Vamos a reservar el local —entusiasmada.

—¿Ya? —sorprendida.

—Sí, no lo podemos perder —la toma de la mano y la lleva adentro del local aledaño.

Anya entra al gimnasio, al pasar saluda a la distancia a los jóvenes que están entrenando, dispersos por todo el lugar. Enseguida se dirige a la oficina de Toni, golpea la puerta que está abierta y se asoma.

—¿Puedo pasar?

—Sí, que raro tú por aquí a esta hora —dice Toni sorprendido desde la comodidad de su silla.

—Es que quiero contarte algo y no podía esperar a mañana —dice alegre.

—Bueno, siéntate y cuéntame.

Anya se sienta en la silla frente a Toni.

—Voy a abrir una cafetería con Alex.

—¿Alex, la novia de Mike?

—Ex novia, pero sí, con ella. ¿Qué te parece? —pregunta sonriendo.

—Creo que es una buena noticia, me alegro mucho por ti.

—Sí, fue inesperado, pero decidí hacerlo.

—Es una buena manera de invertir tu dinero, pero recuerda que tener tu propio hogar debe ser una prioridad.

—Sí, no me olvido de tus consejos, solo me falta reunir un poco más de dinero —nota a Toni abstraído—. ¿Pasa algo?

—Cuando boxeaba siempre decía que cuando me retirara iba a tener mi propia cafetería, quería sentir ese aroma a café todas las mañanas, era mi sueño junto a mi mujer.

—¿Y por qué no lo hiciste?

—Luego de que mi mujer me abandonara, toda mi vida se derrumbó y aquí estoy durmiendo en un cuarto mugroso porque perdí todo, mi mujer, mi casa, mis sueños. Por eso nunca renuncies a lo que realmente quieres —hace una pausa y se llenan sus ojos de lágrimas—. Hay algo que nunca te dije —hace otra pausa para tragar saliva—. Estoy muy orgulloso de ti, eres la hija que siempre quise tener.

Anya conmovida se pone de pie, va hasta Toni y lo abraza con fuerza desde atrás mientras le da un beso en la majilla.

—Te quiero viejo cascarrabias —dice bromeando mientras le da una palmada en el pecho y se aleja.

—Espero la invitación para la inauguración.

—Por supuesto sino estás ahí, dejo de ser tu hija —dice jaraneando mientras sale del lugar.

La noche ya se hizo presente, Anya y Alex se encuentran trabajando en el bar, en el lugar hay varios hombres que beben cerveza mientras disputan un partido de pool; ambas conversan separadas por la barra de tragos, la música está algo elevada por lo que tienen que levantar el tono de voz.

—¿Ya hablaste con Mike? —le pregunta mientras prepara un par de tragos.

—Esta noche me quedo un rato más para hablar con él, creo que ni se lo imagina.

—Mañana me toca a mi decirle que me voy, no le va a gustar nada que nos vayamos las dos juntas.

Alex mira sorprendida hacia la entrada del bar.

—¿Esa no es tu actriz la que acaba de entrar? —tratando de visualizar a la distancia.

—¡¿Qué?! —sorprendida, mientras mira hacia la entrada.

Anya reconoce a Chris quien mira hacia varias direcciones como buscando algo, lleva puesto unos lentes de sol, una gorra con visera negra, viste un buzo amplio con capucha de algodón negro con la descripción en rojo que se lee: *"Chicago Bulls"*, un jeans y zapatillas casuales.

—¿Qué hace acá? —pregunta Anya sorprendida.

Anya observa como Chris detiene a Jessy y le pregunta algo, y ella le señala hacia la barra. Chris enseguida se acerca.

—Hola —saluda Chris mientras se sienta sobre la banqueta ante la mirada atónita de Anya.

—Luego hablamos —le dice Alex a Anya y se retira llevando los tragos en la bandeja.

—Asique trabajas aquí, bastante peculiar el lugar —dice mientras observa a su alrededor.

—¿Cómo sabías donde trabajo? —algo molesta.

—Lo averigüé —responde despreocupada.

—No entiendo que hacés acá. ¿Me estás controlando?

—Estaba sola en mi departamento y me dieron ganas de salir a tomar algo, eso es todo.

—No creo que este bar quede cerca de tu departamento —perspicaz.

—Si quieres puedes averiguarlo después —responde astuta.

—¿Qué vas a tomar? —pregunta Anya sonriendo tenuemente.

—Prepárame lo que quieras tú, voy al baño, ya regreso —se retira.

Mientras tanto Anya comienza a prepararle el trago mezclando varias bebidas blancas junto a un poco de jugo de naranja, lo bate enérgicamente en la coctelera. A los pocos minutos Chris sale del baño y se dirige nuevamente hacia la barra, pero uno de los hombres que se encuentran jugando al pool le corta el paso parándose frente a ella.

—Hola hermosa. ¿Cómo estás? —pregunta con altanería. Su aliento destila olor a cerveza.

Chris no responde e intenta seguir camino pero el hombre de brazos tatuados la increpa, Anya advierte la situación y se pone alerta.

—Espérate. ¿Cuál es el apuro? Quiero hablar contigo nada más.

—Déjame pasar —dice Chris con firmeza y le da un empujón, pero no logra moverlo ni un centímetro.

—¡Hey! ¿Por qué la agresión? —dice irónico, mientras la toma de la cintura y la aprisiona contra su cuerpo.

—Suéltame —intenta zafarse inútilmente.

Anya sale deprisa enfurecida y arremete con un fuerte empujón contra el hombre haciéndolo tumbar encima de la mesa de pool, todas las miradas de los presentes se posan sobre la situación.

—Te dijo que la soltaras. ¿No escuchaste? —Anya lo enfrenta, mientras el hombre intenta reincorporarse, enseguida le da la espalda y se dirige a Chris —. ¿Estás bien? ¿Te hizo algo? —pregunta preocupada.

—¡Cuidado! —grita Chris al ver que el hombre se le viene encima a Anya.

Anya gira rápido y logra esquivar la trompada lanzada por el sujeto, enseguida se pone en guardia, dispuesta a pelear, el hombre con una sonrisa socarrona la enfrenta y lanza una trompada tras otra, las cuales son esquivadas por Anya con gran habilidad.

—¡Basta! —grita Mike e intenta sujetar por detrás al hombre y recibe un codazo en la nariz que lo deja sangrando y aturdido; Alex corre a socorrerlo.

En ese momento Anya aprovecha la distracción y logra conectar un "*Cross*" de derecha directo a la mandíbula del individuo, el cual cae desplomado al piso. De inmediato dos hombres se apresuran y ayudan a levantar a su compañero atontado, sosteniéndolo uno de cada lado.

—Largo de aquí o llamo a la policía —los amenaza Mike.

Sin mediar palabra los tres hombres se retiran del lugar.

—Anya, vamos a hablar —dice Mike seriamente y se pierde por una puerta que desemboca a la cocina.

Anya y Alex se miran desconcertadas, enseguida lo sigue, entra a la cocina de azulejos blancos, se ve una freidora con aceite caliente; una cocina industrial de seis hornallas donde reposan dos planchas llenas de hamburguesas cocinándose, sobre las mesadas de acero inoxidables hay varias tablas y utensilios de cocina desparramados.

—Salgan un momento por favor —les dice Mike a los dos cocineros que se encuentran ahí mientras toma un trapo blanco y se lo coloca en la nariz haciendo una compresa para detener la sangre.

Anya abre la tapa del dispenser de hielo de la fabricadora comercial y mete su mano derecha dentro.

—¿Qué te pasa Anya? ¿Cómo vas a reaccionar de esa manera? —le pregunta con enfado.

—El tipo se desubicó. ¿Qué querías que hiciera? —responde indignada.

—Pero no hacia falta empezar una pelea.

—Yo no empecé nada, el tipo se puso como loco —quita la mano del hielo.

—Mira Anya, yo no puedo permitir que pasen estas cosas en mi negocio, agarra tus cosas y vete por favor.

—Lo que no deberías de permitir es que ningún borracho hijo de mil putas maltrate a una mujer, metete en el orto tu negocio, gracias por hacerme el favor de echarme —dice enojada y sale de la cocina.

Anya enfurecida se dirige hacia atrás de la barra, toma su morral y su campera de jeans, de inmediato se encamina hacia la puerta de salida seguida por Chris, ante la mirada atónita de todos.

Anya camina deprisa por la vereda, Chris corre detrás para alcanzarla.

—¿Qué ocurrió? —pregunta Chris mientras la toma del brazo para detenerla.

—Nada, el imbécil me echó —dice enojada.

—Lo lamento —dice acongojada.

—¿Vamos a tu departamento? —le pregunta despreocupada.

—Claro, vamos… —responde sorprendida.

Chris le hace seña a un taxi, este se detiene y ambas suben al vehículo que enseguida se pone en marcha.

En el departamento de Chris, Anya observa asombrada a su alrededor, se queda abstraída mirando la vista a través de los ventanales. Mientras tanto en la cocina, Chris termina de servir dos copas de vino tinto y se acerca a ella, le extiende una de las copas.

—Por tu nueva etapa lejos de ese bar —dice Chris.

—Por el éxito de tu próxima película —devuelve la gentileza mientras chocan las copas y beben un sorbo de vino.

—¿Y ahora que vas a hacer con tu tiempo libre?

—Ya lo tengo ocupado. Con Alex vamos a abrir una cafetería.

—Ah, que interesante —dice tratando de disimular su disgusto.

—Sí, la verdad que estoy muy contenta, Alex es una gran persona, me hace pensar diferente sobre algunas cuestiones —dice sonriendo.

—Parece toda una gurú tu amiga —en tono irónico.

Anya se sonríe.

—¿Por qué fuiste al bar?

—Necesitaba verte —dice avergonzada.

Anya le saca de la mano la copa a Chris y deposita ambas copas sobre el suelo, enseguida la mira a los ojos, intercambian miradas por unos instantes, Anya corre el cabello de Chris por detrás de su oreja derecha y acaricia suavemente su rostro, la besa lentamente y la abraza con fuerza; Chris se aferra a ella y llora, Anya frota su espalda para consolarla.

—¿Querés contarme que te está pasando?

Chris llora con más intensidad.

—Vení, vamos al sillón así te recostás ahí —dice Anya mientras la lleva abrazada.

Anya se sienta en el sillón y Chris se acuesta reposando su cabeza sobre su pecho, Anya acaricia su cabello y le limpia las lágrimas con su otra mano.

—Me siento sola —confiesa con la voz quebrada.

—No estás sola, ahora estoy yo acá con vos.

—No puedo más, necesito descansar —dice angustiada.

—Bueno, descansá —besa la frente de Chris y acaricia su cabello, mientras ella se recuesta en su regazo.

En poco tiempo ambas se quedan dormidas.

Al día siguiente Anya se encuentra en su habitual entrenamiento, lanza varios golpes a la bolsa que sostiene Toni.

—Estaba pensando que sería conveniente que no trabajes más de noche al menos por un tiempo, necesitas descansar bien, yo podría hablar con Mike para que te dé el permiso —dice Toni.

—No hace falta, anoche me echó —dice despreocupada mientras sigue lanzando golpes.

—¡¿Cómo?! —pregunta sorprendido y detiene el entrenamiento —. ¿Se enojó por lo de la cafetería?

—No…

—No me digas que su mujer y tu…

—No, nada que ver, Alex y yo solo somos amigas —aclara interrumpiendo la sospecha de Toni.

–Ok, ok. Tu alumna ya tendría que haber llegado hace rato –dice Toni cambiando de tema.

–Que raro. ¿Vos tenés el teléfono del representante para preguntarle si sabe algo de ella?

–Sí, ahora te lo paso y llámalo tú –dice Toni mientras se aleja.

Unas horas más tarde Anya se encuentra en la puerta del edificio, tocando el timbre del departamento de Chris, nadie responde, aprovechando que una mujer ingresa, se mete detrás de ella.

–Ahí subo –lanza para disimular.

Ambas toman el mismo ascensor, Anya desciende en el piso diez y la mujer continúa sola.

Anya se detiene frente a la puerta del departamento indicado con la letra "*B*" y golpea la puerta.

–¿Quién es? –se escucha la voz de Chris del otro lado.

–Anya, abrime por favor.

Luego de algunos segundos Anya escucha que gira la cerradura y se abre la puerta.

–¿Qué haces aquí? –pregunta Chris mientras se aleja caminando descalza, vistiendo su bata de seda abierta colgando en los pliegues de sus codos.

Anya entra y cierra la puerta detrás.

–Estaba preocupada, Richard y yo te estuvimos llamando. ¿Por qué no fuiste hoy al gimnasio?

–No tenía ganas –responde con voz rasposa, mientras se quita la bata y se deja ver con su ropa interior de encaje negro y sigue su camino hacia la habitación.

–¿Te pasa algo? –pregunta acercándose a ella.

—¿Esperaste a que me durmiera para irte? Te hiciste la que te importaba lo que me pasaba y en cuanto pudiste me dejaste sola —le reprocha.

—Me fui muy temprano, no quería despertarte, estuve con vos toda la noche.

Anya coloca su mano en el mentón de Chris y levanta su cabeza, la mira fijo a sus ojos enrojecidos y desorbitados.

—¿Otra vez te metiste esa mierda?

Chris le quita la mano con vehemencia y comienza a vestirse con una musculosa blanca y un jeans desgastado negro con algunas roturas.

—¿Querés que vayamos a almorzar juntas? —pregunta Anya.

—No puedo, tengo prueba de vestuario ahora.

—Bueno, entre tus llamadas perdidas está mi número, cualquier cosa llamame.

Anya sale del departamento, Chris se deja caer sobre la cama, resuella angustiada.

Anya y Alex se encuentran dentro de su local, hay dos tachos de pintura blanca abiertos, dos rodillos y dos pinceles usados que descansan sobre la bandeja plana que está en el suelo cubierto por telas manchadas de pintura.

Ambas se encuentran sentadas en el suelo, degustando un sándwich de fiambre, su indumentaria denota que han estado trabajando con la pintura.

—Un día de estos te voy a preparar un buen sándwich de milanesa, como las que se comen en Argentina —comenta orgullosa Anya.

—¿Milanesa? —pregunta curiosa.

—Sí —responde mientras cierra sus ojos recordando el sabor.

—Ya lo quiero probar... —hace una pausa —. ¿Anoche se fueron juntas con la actriz?

—Ni me hables de Chris —dice fastidiosa.

—¿Por? ¿Qué sucedió?

—Te juro que no la entiendo, un día es una mujer sensible, amorosa y al otro día es simplemente odiosa, sus cambios de humor me desconciertan, aunque sé a que se deben.

—Entiendo —dice pensativa.

—Pero la verdad es que no sé como tratarla.

—Supongo que no le será fácil superar la muerte su padre, según decían eran muy unidos.

—¿Y vos cómo sabés eso? —pregunta desconcertada.

—Murió hace algunos meses, salió en todos lados, Carlos se llamaba, era un productor conocido, él fue quien la inició en la actuación.

—¿Y de qué murió?

—Dicen que fue repentino, un infarto. Los periodistas de espectáculos comentan cosas sobre Chris.

—¿Qué tipo de cosas?

—Sobre lo difícil que se volvió trabajar con ella por su problema de adicción.

—Parece que estás bien informada.

—Mi pasatiempo favorito es enterarme de todo lo que sucede en el mundo del espectáculo —dice bromeando.

Anya sonríe, enseguida se queda pensativa.

—Sé que te preocupa, por eso te lo quería comentar —dice Alex perspicaz.

En su departamento Chris abre la puerta de entrada, del otro lado se encuentra Anya.

—Hola —saluda Chris con voz suave.

—Hola —responde cabizbaja.

—Pasa —dice Chris haciéndose a un lado para que Anya ingrese —. Gracias por venir —mientras cierra la puerta.

Anya camina hasta la cocina donde se ve una copa con restos de vino tinto sobre la isla, Chris la sigue.

—¿Quieres tomar algo? —pregunta Chris y amaga a abrir la heladera.

—No, gracias. ¿Para qué me pediste que viniera? —pregunta tajante.

—Quería pedirte perdón por la manera en que te traté hoy. —responde acongojada.

—Ok, te perdono. ¿Algo más?

—¿Por qué me respondes de esa manera? —molesta.

—La verdad es que no sé como tratarte Chris, sea como sea siempre terminamos mal —dice resignada.

—Tienes razón, sé que no soy fácil, pero quiero cambiar.

Anya hace una mueca de duda.

—De verdad, tú me importas mucho, siento algo especial por ti —dice sincera mientras se acerca a Anya y le toma las manos.

—Hay cosas con las que yo no te puedo ayudar.

—¿A qué te refieres? —haciéndose la desentendida.

—Mirame a los ojos y decime que no te metiste esa mierda de nuevo.

—Eso no es un problema, lo puedo controlar —le suelta las manos a Anya y da unos pasos hacia atrás.

—Claro que es un problema y muy grande por eso no lo podés controlar, necesitás buscar ayuda profesional —dice preocupada.

—Ok, te prometo que voy a buscar ayuda, pero esta noche quédate conmigo —le ruega mientras se acerca y se cuelga de su cuello.

—No puedo, mañana me tengo que levantar temprano para ir a entrenar.

—Anda, please, te prometo que me levanto a hacerte el desayuno y todo —dice suplicando.

—Cuantas promesas que me hiciste en menos de un minuto, espero que las cumplas.

Chris sonríe y la besa suavemente, Anya se resiste.

—Sos increíble —dice Anya con estoicismo.

—Y toda tuya —dice seductora.

Pronto Anya se entrega a los encantos de Chris y se trenzan en un beso apasionado.

A la mañana siguiente Anya, vestida con la misma ropa del día anterior, se encuentra parada junto a la cama donde Chris sigue durmiendo desnuda cubierta por una sábana blanca, el sol que ya se asoma a través del gran ventanal ilumina su rostro. Anya le besa la frente y se marcha sin hacer ruido.

—Una promesa que no se cumplió, espero que la más importante la cumpla —piensa.

Capítulo 3

Han transcurrido varios días, Chris ya se encuentra rodando la película dentro de la ciudad, mientras Anya continúa con los entrenamientos, ahora más exhaustivos ya que la fecha de la gran pelea está cada vez más próxima.

La cafetería abrió sus puertas al público, el lugar está decorado con colores cálidos, las mesas y sillas de madera pintadas de blanco están todas ocupadas, mientras otras personas hacen fila frente al mostrador que es atendido por Alex y solicitan el café que Anya prepara en la cafetera industrial.

Todo parece marchar bien en la vida de Anya, un trabajo que disfruta, encontró el amor en Chris, una linda amistad con Alex y pronto se subirá al ring para hacer lo que más le gusta, boxear, nada más ni nada menos que por el título mundial.

Llegada la noche, Anya se encuentra parada frente a la puerta de entrada del departamento de Chris con una bolsa de papel madera que sostiene sobre uno de sus brazos, mientras saca del bolsillo de su campera de jeans un manojo de llaves, con las que abre la puerta y entra. Las luces están encendidas, enseguida se dirige a la cocina, guarda las llaves de nuevo en el bolsillo de su campera y mete la mano adentro de la bolsa, saca una caja mediana de plástico descartable con varias piezas de sushi, abre la heladera y deposita la caja ahí.

Sigilosa y alegre va en busca de Chris, ve que la puerta del baño esta entreabierta y la luz encendida, entonces se acerca lentamente para sorprenderla. Al entrar al baño, ve a Chris recostada en la bañera cubierta por una abundante espuma, cerca de la bañera hay una copa con restos de vino tinto y la botella casi vacía junto. Ella tiene los ojos cerrados, Anya asume que está dormida, porque no se percató de su presencia. Al mirar hacia el lavado, le llama la atención una bolsa plástica pequeña con algo de polvo blanco que se encuentra sobre este. Su rostro se transforma a seriedad absoluta. Nerviosa, intenta agarrar el envoltorio y tira sin querer la jabonera dentro de la bacha, el ruido de la caída alerta a Chris.

—¡Anya! ¡Que susto! —dice sorprendida.

—Vine para darte una sorpresa, pero por lo que veo la sorpresa me la llevé yo —dice enojada ante la mirada confundida de Chris —. ¿Qué hacés con esta mierda? —le pregunta mientras levanta la pequeña bolsa —. Me dijiste que habías empezado con el tratamiento. ¿Por qué me mentís? —elevando la voz.

—Deja que te explique —dice Chris mientras sale de la bañera y se coloca la salida de baño.

—¿Qué me vas a explicar? Si lo estoy viendo —con enfado abre el envoltorio y tira el polvo blanco en la bacha.

—¡Espera! ¿Qué haces? —le pregunta Chris alterada.

Anya abre la canilla y el polvo rápidamente se va por el desagüe; al mismo tiempo que recibe un botellazo en la cabeza. Aturdida, Anya se toma la parte frontal de su cabeza, tiene un corte profundo cerca del parietal izquierdo, su rostro se cubre de sangre. Chris intenta socorrer a Anya, al pasar se corta el pie con uno de los pedazos de vidrio que están desparramados por todo el piso, pero no se percata de lo sucedido.

—Perdóname mi amor, perdóname —suplicando intenta abrazar a Anya.

—¡No me toques! —le grita mientras se aparta —. Estás enferma nena, no quiero verte nunca más. ¿Me escuchaste? —dice con voz elevada mientras saca las llaves del bolsillo de su campera y las arroja al piso violentamente.

Inmediatamente Anya se retira tomándose la cabeza con una de sus manos; Chris se desliza sobre la pared hasta llegar al piso donde se queda llorando desconsolada y escucha el portazo saliente de Anya.

En su departamento, Anya se encuentra sentada en una banqueta, mientras Alex le limpia la sangre de la herida en la cabeza con una gasa, enseguida descarta esa gasa ensangrentada y toma otra limpia, la moja con agua oxigenada y continua con la limpieza de la herida que ya ha dejado de sangrar. Anya hace un gesto de dolor.

—No puedo creer que te haya hecho esto —dice Alex preocupada.

—Me mintió todo este tiempo diciendo que estaba haciendo el tratamiento para dejar de consumir esa basura. Pero se terminó, ya aguanté demasiado, no puedo más —dice con la voz quebrada.

—¿La amas?

—¿Qué? —pregunta Anya sorprendida.

—Te pregunté si la amas. Porque si tu respuesta es un sí, creo que quizás deberías de hacer un intento más para ayudarla, con esto que te hizo a ti ya tocó fondo, estoy segura que ella no te quiso lastimar, Chris te necesita, sola nunca va a poder salir de esto —dice Alex reflexiva.

Anya se queda pensante en silencio.

Al día siguiente Anya se encuentra en el gimnasio, acaba de terminar su entrenamiento matutino, ya bañada y cambiada, con el bolso colgando de uno de sus hombros se dispone a salir del lugar. Toni está junto a ella.

—Cúrate esa herida, tiene que cicatrizar bien antes de la pelea, no quiero que se te vuelva a abrir en medio del combate —le dice Toni seriamente.

Anya afirma con la cabeza cabizbaja.

—Vete a descansar —le dice Toni mientras le da una palmada suave en el hombro y se retira.

Anya sale del gimnasio y comienza a caminar por la vereda. De repente escucha la voz de Chris desde atrás.

—¡Anya!

Anya se frena y gira, ve a Chris que se aproxima a ella rengueando, apurando su paso.

—¿Qué te pasó? —le pregunta Anya, tratando de disimular su preocupación.

—Anoche me corté el pie con un pedazo de vidrio —dice agitada.

—¿Qué hacés acá? ¿No deberías de estar trabajando? —pregunta fingiendo desinterés.

—Me dieron unos días de reposo para recuperarme del pie.

—Entonces deberías de estar descansando —dice en tono irónico.

—Si me contestaras los mensajes o las llamadas no habría venido hasta aquí —ofuscada.

—No tengo ganas de discutir —amaga a irse.

—Espera, por favor perdóname —dice afligida —. Tienes razón en estar enojada, hice todo mal, tú eres lo más hermoso que me pasó en mucho tiempo y te lastimé pero te juro que…

—Basta, me cansé de escucharte jurando y prometiendo cosas que después no cumplís —dice interrumpiéndola.

—Pero esta vez es diferente —suplicando.

—¿Y por qué tengo que creerte ahora? —pregunta con enfado.

—Porque no puedo perdonarme haberte hecho daño, te amo y no quiero perderte —hace una pausa para tragar saliva —. Necesito que me acompañes a un lugar —cabizbaja.

—¿Ahora? —pregunta Anya sorprendida.

—Sí, por favor —dice Chris mientras une sus manos a modo de ruego.

Pronto ambas están viajando arriba de un taxi, el silencio reina adentro del vehículo. Anya mantiene la mirada hacia adelante, mientras Chris la mira de reojo como si intentara hacer o decir algo y no se animara. Repentinamente, en un solo movimiento, Chris se sienta junto a Anya, sin dejar un centímetro de distancia entre ellas, recuesta su cabeza sobre su hombro y le toma la mano entrecruzando sus dedos. Chris resuella aliviada, como sintiéndose a salvo. Anya la mira y se mantiene distante a pesar de sus deseos de abrazarla.

Luego de andar varias cuadras, el taxi se detiene frente a un edificio de paredes blancas y puertas vidriadas, mientras Chris le entrega el dinero al taxista, Anya desciende y se acomoda el bolso sobre su hombro al mismo tiempo que lee la marquesina: *"Rehabilitation Center"*.

Enseguida Chris se encuentra parada junto a Anya, resuella asustada, Anya la mira sonriendo, le extiende su mano, Chris la toma y entran al edificio.

Tras atravesar la puerta, se encuentran con un pasillo con varias puertas de madera pintadas de color azul oscuro, con un vidrio por el cual se puede ver hacia adentro de los distintos salones. El piso de goma negra rechina con el roce de las suelas de las zapatillas al transitarlo. De repente se abre una de las puertas a la derecha de Chris y se asoma un hombre de unos cincuenta años de edad, con una barba prominente canosa, al igual que su escasa cabellera, lleva lentes de marco de plástico negro, viste un camisa blanca arremangada, un pantalón de gabardina marrón claro, con un cinturón y unos zapatos en el mismo tono.

—¿Chris? —pregunta el hombre en tono suave.

—Sí —responde ella.

—Es por aquí, te estábamos esperando para comenzar —dice el hombre mientras se aparta de la puerta para darle paso.

Enseguida Chris aprieta con fuerza la mano de Anya y se queda inmóvil.

—Tranquila, todo va a estar bien, yo voy a estar acá afuera esperándote —dice Anya, luego le besa la mano y la suelta.

Chris ingresa al salón, seguida por el hombre, quien cierra la puerta detrás de él.

—Bueno, ya estamos listos para comenzar —dice el hombre mientras se acerca a un grupo de cinco personas que se encuentran sentadas en ronda sobre sillas plásticas de color blanco y se sienta en una de ellas.

Chris tímidamente se arrima al grupo y se sienta en la única silla libre que queda. Mantiene la mirada sobre el piso para no hacer contacto visual con ninguno de los presentes, aunque intuye que todas las miradas están puestas en ella, se siente intimidada por la situación.

—Hoy tenemos dos compañeras nuevas, por eso les pido el favor que les demos la bienvenida con un fuerte aplauso —dice el hombre y comienza a aplaudir.

Pronto todos aplauden con entusiasmo y reparten las miradas entre Chris y la adolescente de mechones rojos y ojos rasgados que está a su derecha.

—Para romper el hielo, me voy a presentar yo y luego les pido que cada uno se presente para que ellas los conozcan —dice el hombre y hace una breve pausa para tragar saliva —. Yo soy el Dr. Brandon Smith y estoy a cargo de este grupo, cualquier duda o inquietud que tengan pueden contar conmigo – concluye su relato con una sonrisa amable.

Una mujer de unos cuarenta años de edad, de cabello lacio negro, tez blanca y ojos marrones saltones levanta el brazo y lo agita con vehemencia esbozando una sonrisa. Chris levanta levemente la mirada atraída por su actitud. El Dr. Smith le hace un gesto de aprobación con la cabeza y la mujer se pone de pie de un brinco.

—Mi nombre es Elizabeth, tengo cuarenta y dos años y soy acumuladora compulsiva –anuncia en un tono alegre y luego se vuelve a sentar.

Al instante un hombre pelirrojo con sobrepeso se pone de pie haciendo un gran esfuerzo por levantarse.

—Mi nombre es Javier, tengo treinta y cinco años y soy adicto a la comida –concluye avergonzado y se sienta con la misma dificultad con la que se puso de pie.

Enseguida se para un hombre de cabello castaño claro, ojos claros, barba perfectamente delineada. Se acomoda la corbata adentro de su traje de corte sastre y toma aire.

—Mi nombre es Kevin, tengo cuarenta y cuatro años y soy adicto a la cocaína –dice con voz ronca y se sienta mientras se acomoda los puños de su camisa blanca.

La próxima en ponerse de pie es una mujer de cabello corto de color gris y anteojos de marco grande, su vestimenta colorida no pasa desapercibida.

—Mi nombre es Claire, tengo sesenta y dos años y soy alcohólica –dice con una paz absoluta y se sienta.

—Bueno, gracias a todos por su presentación, ahora les pido a las nuevas compañeras que se presenten para que podamos conocerlas –dice el Dr. Smith.

Chris se siente nerviosa, frota sus manos sudadas, enseguida se cruza de brazos y observa las miradas expectantes de sus compañeros, se mantiene en silencio. Para su alivio la adolescente se pone de pie, da unos pasos al frente y como si fuera un pase de stand up comienza a hablar.

—Hola mi nombre es Megan, tengo veintiún años y dicen que soy ciberadicta, en realidad soy creadora de contenidos y para eso tengo que pasar tiempo en las redes sociales, eso no me hace una adicta, es un simple e inofensivo trabajo. La verdad no sé que hago aquí, pero mis padres insistieron en que venga, la realidad es que ellos están mal con sus vidas y proyectan todos sus males en mí… No sé. ¿Usted que piensa doctor?

—Ya vamos a analizar cada caso en particular, pero ahora démosle lugar a nuestra última compañera, Chris —dice el doctor.

—¡Chris! ¡Chris Ramírez! ¡La actriz! Ya me parecía que eras tú —dice Megan con entusiasmo.

—¡Megan por favor! Siéntate en tu lugar —dice Smith en tono de reto.

Inmediatamente Megan se sienta, neutralizando su euforia.

Chris se siente aterrorizada por la exposición, su corazón late cada vez más fuerte.

—Quiero que todos tengan en claro que somos todos iguales, no existe distinción por nadie, lo que sucede aquí adentro es un acto privado de cada uno, por lo tanto el respeto por el compañero es fundamental. Famoso o no famoso todos están aquí por un único motivo y debemos ayudarnos entre todos. Espero haber sido claro —concluye Smith.

Agobiada Chris se pone de pie y sale corriendo del salón ante la mirada atónita de sus compañeros. Con la respiración agitada mira hacia ambos lados del pasillo buscando a Anya. Al no encontrarla corre hacia la puerta de salida y sale del lugar.

Sobre la escalera se encuentra sentada Anya, quien se sobresalta al verla.

—¿Qué sucede? —le pregunta preocupada, mientras se pone de pie.

—No puedo, perdóname, no puedo hacerlo —dice alterada.

Anya la abraza, Chris rompe en llanto y se aferra a su pecho.

—Tranquila... Vení —dice Anya e intenta entrar al edificio.

—No, no quiero volver a entrar ahí, no puedo —dice angustiada.

—Confiá en mí, todo va a estar bien —mientras abre la puerta.

Chris se queda paralizada dubitativa.

—¿Confiás en mí? —le pregunta Anya en tono amable.

Chris enseguida entra y ambas llegan hasta la puerta del salón.

—Tranquila, yo entro con vos —abre la puerta.

Anya lleva lentamente a Chris abrazada por encima de su hombro. Ante la mirada compasiva de sus compañeros. Al llegar al círculo de sillas, Chris se sienta en su silla, Anya le acaricia el rostro y se para en medio de la ronda, deja su bolso en el piso y resuella profundo.

—Hola, mi nombre es Anya y quisiera contarles algo si me lo permiten —dice buscando la mirada desconcertada de Chris.

—Sí, adelante —dice el Dr. Smith algo sorprendido.

Todas las miradas están expectantes sobre Anya, quien traga saliva y relame sus labios para continuar.

—Hace algunos años yo estuve donde ustedes están ahora, era una persona violenta, que no podía manejar mis emociones. Mi padre me abandonó cuando yo tenía dos años de edad, después de un tiempo mi mamá formó otra familia y nació mi hermana Mariana, ella era un ser especial para mí, la cuidaba y la defendía de todo y de todos. Un día de lluvia yo iba manejando por una ruta, mi mamá y Mariana iban en el auto también. De repente empezó a llover con más intensidad no veía nada y perdí el control del auto, volcamos, cuando me desperté en el hospital supe que ellas habían muerto en el accidente —hace una pausa y se le escapa una lágrima.

Todos los presentes observan a Anya conmovidos, Chris no puede evitar llorar apenada.

—Desde ese momento mi vida dejó de tener sentido, vivía furiosa, deseando haber muerto yo también en el accidente, hasta que un ángel llamado Toni apareció y me ayudó a salir adelante, él es el padre que nunca tuve, mi guía. Para recuperarse es importante abrir el corazón y sobre todo dejarse ayudar, solos no es posible —hace una pausa para tragar saliva y se dirige a Chris —. Por eso, quiero que sepas que yo voy a estar para ayudarte, podés confiar en mí siempre.

Inmediatamente Javier comienza a aplaudir emocionado, enseguida se suman al aplauso todos los presentes.

Chris se pone de pie y se apresura para abrazar a Anya, quien le habla al oído.

—Todo va a estar bien, voy a estar esperándote afuera —dice con voz suave y besa delicadamente su frente.

Anya recoge su bolso y se retira del salón custodiada por la mirada relajada de Chris. El silencio se hace presente por unos instantes. Otra vez las miradas están sobre Chris, la cual frota sus manos y resuella.

—Mi nombre es Chris y soy adicta a la cocaína —lanza finalmente y respira aliviada ante los aplausos espontáneos de sus compañeros.

Luego de transcurrida la terapia de una hora y media todos abandonan el salón, Chris se encamina hacia a la salida cuando escucha la voz de una mujer que la llama.

–¡Chris! –grita Claire mientras se apresura para alcanzarla. Chris gira y se detiene.

–Voy ser tu madrina –afirma.

–¿Mi madrina? –pregunta confundida.

–Sí, voy a acompañarte en tu recuperación –responde entusiasmada –. Ya tengo tu número, recién te llame para que te quede registrado el mío, así estamos en contacto, cualquier cosa que necesites no dudes en llamarme –dice amablemente.

–Ok, gracias –dice algo abrumada.

Chris continúa su camino hasta encontrarse con Anya afuera del edificio, la cual nota su cara de preocupación.

–¿Pasó algo? –pregunta Anya perceptiva.

–De repente tengo una nueva madrina.

–Ah, sí, yo también tuve una, me ayudó mucho –dice Anya sonriendo mientras le hace señas a un taxi.

Enseguida suben al vehículo y se marchan.

En la cocina del departamento de Chris se encuentran ambas sentadas alrededor de la isla terminando de almorzar unos fideos con salsa roja.

–Me tengo que ir, hoy tengo doble turno de entrenamiento y antes debo pasar por la cafetería –dice Anya mientras se limpia la boca con una servilleta de tela blanca y se levanta de la banqueta.

–Espera –dice Chris pensativa –. Ven –le pide mientras extiende sus manos.

Anya toma sus manos y se acerca a ella. Enseguida Chris rodea su cuello con sus brazos y Anya la toma de la cintura.

–Quiero que vengas a vivir aquí, conmigo –lanza en tono de ruego.

–¡¿Eh?! –responde sorprendida.

–Vente a vivir conmigo.

–No sé si sea una buena idea.

—¿Por qué no?

—No es que no quiera, pero quizás ahora no sea el momento.

Chris la mira desconcertada.

—Ahora estoy entrenando mucho, me levanto muy temprano, no quiero molestarte.

—Pero eso no me molesta.

Anya resuella.

—Anda, por favor —le ruega mientras besa suavemente su rostro —. Imagínate tener estos besos todos los días.

—Bueno, lo voy a pensar, pero ahora me tengo que ir.

—¿Estás segura de que te quieres ir? —le pregunta sugerente mientras enreda sus piernas sobre la cintura de Anya y desliza su lengua lentamente sobre su cuello.

Anya intenta resistirse pero enseguida sucumbe ante la provocación de Chris y la besa fervientemente, enseguida recula e intenta alejarse pero Chris no se lo permite.

—Sos hermosa, me encantás, pero me tengo que ir —dice Anya mientras Chris la sigue besando.

—Ok, pero te voy a estar esperando —dice sugestiva y libera a Anya de sus piernas.

Anya le da un último beso y se encamina hacia la puerta de la salida.

—¡Te amo! —grita alegre Chris.

Anya se paraliza, no se esperaba tal confesión, a los pocos segundos gira y le sonríe nerviosa, le tira un beso a la distancia y retoma su ida o mejor dicho su huida.

Chris resuella algo decepcionada, se queda pensativa.

Entrada la noche Anya y Alex se encuentran en la cafetería terminando de acomodar las sillas encima de las mesas.

—Puedes irte si quieres, yo termino aquí —dice Alex.

—No, me quedo un rato más y te ayudo. ¿Qué más hay que hacer?

—¿Qué sucede? —pregunta perceptiva.

—Nada —responde tratando de disimular la mentira.

Alex le lanza una mirada con aprehensión.

—Chris me pidió que me vaya a vivir a su casa —lanza la confesión.

—¿Y tú que quieres hacer?

—No sé, ahora ella me debe estar esperando, me siento presionada por la situación.

—A mí me parece que tú tienes un miedo terrible —dice bromeando.

—Me dijo que me ama y yo solo pude sonreír, salí huyendo, debe haber pensado cualquier cosa.

—¿Y por qué dejas que ella piense que no la amas?

Anya no responde y baja la mirada.

—Me extraña que una mujer como tú, capaz de subirse a un ring y aguantar cualquier golpe que le tiran, le tenga miedo al amor.

—Ese fue un golpe bajo —replica bromeando.

—No hay nada más hermoso que saber que hay alguien que te espera. Disfruta el momento, no pienses tanto, baja la guardia "leona".

Ambas ríen.

—Gracias, sos una gran amiga, no sé que haría sin vos —dice Anya mientras la abraza —. Nos vemos mañana —se despide con un beso en la mejilla.

Enseguida se retira del lugar.

—¡Que suerte tiene Chris! —lanza Alex al aire con nostalgia.

Chris se encuentra durmiendo en su cama, tapada por una sábana blanca, viste un pijama de pantalón corto y musculosa de seda y puntilla negra. La luz tenue del velador alumbra el lugar.

Anya ingresa sigilosa a la habitación, la observa por un instante. Enseguida se sienta delicadamente en al cama, se quita las zapatillas y las medias, continúa quitándose el buzo y el jeans, deja la ropa desparramada en el suelo y termina de quitarse su ropa interior, se mete en la cama y abraza a Chris por detrás, quien al sentir el contacto se despierta sorprendida.

—Hola —saluda Anya con voz suave.

Chris le sonríe.

—¿De verdad estás aquí o estoy soñando? —pregunta mientras gira.

Anya le besa la frente mientras acaricia su cabello suavemente y la mira a los ojos por unos instantes, respira profundo.

—Te amo —confiesa Anya tímidamente.

Chris sonríe y comienza a besarla apasionadamente, pronto sus cuerpos desnudos intercambian placer.

A la mañana siguiente Anya se encuentra en la cocina bebiendo una taza de café, vestida con ropa deportiva. Se sorprende al ver a Chris que se aproxima desperezándose aún con el pijama puesto y la bata.

—¿Qué hacés levantada tan temprano?

—¿Hay un café para mí? —responde Chris y se cubre la boca mientras bosteza.

Anya abre la alacena y agarra una taza, la llena con el café humeante de la cafetera, enseguida deposita la taza sobre la isla, frente a Chris que ya se encuentra sentada.

—Gracias.

—¿Vas a salir? —pregunta Anya curiosa.

—En un rato me pasa a buscar Richard, tengo que volver a trabajar.

—¿Vas a dejar la terapia? —pregunta alarmada.

—No, ya hablé con el terapeuta, mientras dure la filmación me va a acompañar mi madrina, va a estar todo bien, quédate tranquila —dice en tono calmo.

—No sé si me puedo quedar tranquila, me lo prometiste —dice enojada.

—Solo son dos semanas y después retomo la terapia, te lo juro.

—Demasiadas promesas Chris, es hora de que empieces a cumplirlas —deja la taza sobre la isla con enojo.

—No te enojes por favor —dice suplicando.

Anya no le hace caso y continúa su paso, de camino hacia la puerta de salida recoge su bolso del piso, enseguida se va del lugar ante la mirada apesadumbrada de Chris.

En el gimnasio Anya se encuentra arriba del cuadrilátero entrenando con un oponente, ambos llevan un casco protector de color negro en sus cabezas. Toni observa desde un costado abajo del ring.

—Muévete más rápido, salí de su alcance —le indica Toni.

Repentinamente Anya recibe un golpe en la mandíbula y se le cae el protector bucal.

—Alto, alto. ¿Qué estás haciendo Anya? —pregunta Toni enojado.

Anya agacha la cabeza y no responde.

—Vete a descansar un momento —le dice al boxeador.

Toni sube al ring al mismo tiempo que el oponente baja.

—¿Qué te sucede? —le pregunta con voz firme.

—Nada, estoy preocupada por algo.

—¿Por la pelea o hay algo más? O mejor dicho alguien —dice perceptivo.

Anya no responde.

—Anya, solo quedan dos semanas para la pelea de tu vida, puedes llegar a ser la nueva campeona mundial, pero tienes que estar con la cabeza cien porciento metida aquí, trabajaste muy duro, no lo eches a perder ahora.

Enseguida Toni recoge el protector bucal y se lo coloca en la boca a Anya.

—Seguimos —dice con voz elevada mientras le hace una seña con la mano al boxeador para que regrese al ring.

Pronto ambos boxeadores se encuentran ensayando los golpes nuevamente. Anya se muestra concentrada y esquiva con habilidad los golpes de su oponente.

—Eso, así, así —la alienta Toni.

Después de una jornada extenuante de entrenamiento, Anya se encuentra en la cafetería sentada a una mesa con Alex, degustando una merienda completa con huevos revueltos, yogurt con cereal, frutas cortadas en pequeños trozos y un vaso de juego de naranja, el local ya se encuentra cerrado.

—Estaba pensando en contratar a una empleada, la verdad que nos esta yendo muy bien y necesito ayuda —dice Alex.

—No hay problema, hacé lo que necesites, por mí está bien, yo no voy a poder venir hasta después de la pelea.

—Hablando de eso, tengo algo para ti —dice entusiasmada mientras se levanta y va hasta el mostrador; toma una caja pequeña de color blanca adornada con un diminuto moño negro de seda y vuelve deprisa a la mesa, le extiende la caja a Anya.

—¿Para mí? —pregunta sorprendida, agarra la caja y la abre.

—¿Te gusta?

—Me encanta, gracias —dice alegre mientras toma el colgante con un dije de plata con forma de guante de boxeo.

—¿Te ayudo?

Anya afirma con la cabeza. Alex toma el colgante, se para detrás de ella, prácticamente respirándole en la nuca, lentamente le coloca la joya alrededor de su cuello.

—Espero que te de suerte —dice Alex optimista.

Suena el celular de Anya que esta apoyado en la mesa rompiendo el agradable momento, mira la pantalla y resuella molesta.

—¿Qué pasó ahora? —pregunta Alex intuitiva.

—Chris volvió a trabajar, supuestamente la está acompañando su madrina de terapia, me juró que cuando termine la filmación va a retomar el tratamiento —se pone de pie ofuscada.

—¿Y cuál es el problema? Tú sabias que en algún momento ella tenía que volver a trabajar.

—Sí, pero siempre es un paso adelante y diez para atrás. No sé, siento que estoy todo el tiempo pensando en lo que hace o deja de hacer Chris en vez de concentrarme en mí misma.

—Deberías de relajarte y confiar en ella, sino te vas a volver loca. Ocúpate de ti y deja que ella haga su parte.

—¿Cómo puede ser?

—¿Qué cosa? —pregunta Alex desconcertada.

—Yo vengo volando en una nube negra y vos me bajas a la tierra enseguida. Me tendría que haber enamorado de vos —concluye bromeando.

—Sí, una pena —dice Alex seriamente.

De repente un escalofrío recorre el cuerpo de Anya, el silencio incómodo se hace presente.

—Ya es tarde, me tengo que ir —dice Anya balbuceando.

—Espera —dice Alex impidiéndole el paso.

—Es mejor que me vaya ahora —mientras exhala el aire contenido.

—Pero hablemos, no te vayas así —suplicando.

—No quiero que pase nada de lo que nos podamos arrepentir —confiesa Anya.

—¿Entonces hay una posibilidad de que ocurra algo entre nosotras? —pregunta persuasiva.

Anya resuella y la mira fijamente mientras muerde levemente su labio inferior, Alex se aproxima quedando sus bocas a escasos centímetros de distancia, el corazón de Anya se acelera, dubitativa se balancea hacia atrás, toma impulso y besa a Alex tomando su rostro con ambas manos, enseguida se escucha un fuerte golpe en la vidriera de la entrada, sobresaltadas se separan, al mirar hacia allá, ven a Chris parada en la vereda mirando hacia adentro del local, sus ojos destellan odio y dolor. De prisa Anya corre hacia la salida, mientras Alex observa resignada su partida.

Anya persigue a Chris quien intenta alejarse rápidamente.

—¡Chris! ¡Esperá! —grita corriendo hasta que la alcanza llegando a la esquina de la calle y la toma de un brazo para frenarla, haciéndola girar.

—¡Déjame en paz! ¡Suéltame! —eleva la voz quebrada y la abofetea.

Inmediatamente Anya la suelta.

—Dejame que te explique —dice suplicando.

—¿¡Qué me vas a explicar!? ¿Cuántas veces te pregunte si pasaba algo entre ustedes y tú me lo negaste?

—Es que de verdad no pasa nada entre Alex y yo.

—Entonces lo que acabo de ver. ¿Qué fue? Deja de tomarme por idiota —dice enojada mientras baja al asfalto para divisar un taxi.

—No es como vos pensás —dice angustiada.

—Vete al infierno —lanza furiosa, mientras le hace seña al taxi que se detiene frente a ella, sube al vehículo y se marcha.

Anya resuella acongojada, mientras se toma la cabeza con ambas manos.

Dentro de la cafetería Alex levanta la vajilla usada de la mesa, cuando ve entrar a Anya cabizbaja deja todo inmediatamente.

—La perdí —dice Anya desconsolada mientras se sienta de golpe en una silla.

—Perdóname, fue mi culpa —dice Alex y se sienta a su lado tomándole la mano.

—No, se fue por mi culpa, soy una idiota —dice entre lágrimas.

—Vas a ver que pronto todo se va tranquilizar y van a poder aclarar las cosas.

—En el fondo Chris y yo somos muy parecidas, sé que no me va a escuchar, si yo fuera ella tampoco me perdonaría.

—No tires la toalla antes de intentarlo. Si la amas pelea por ella.

—Disculpame, pero quiero estar sola, voy a caminar un rato —se pone de pie y se marcha.

El sol ya se ocultó; Anya se encuentra sentada en el banco de una plaza, saca su celular de adentro de su campera y llama al número de Chris, no obtiene respuesta hasta que se activa el contestador, corta la llamada y resuella preocupada. Guarda el celular en el bolsillo, mueve la pierna derecha nerviosa, tiene la mirada perdida hacia adelante

—*¿Dónde estás Chris? Espero que no hagas nada estúpido —piensa.*

De repente, delante suyo pasa un joven sobre una patineta a toda velocidad, sobresaltada, sale de sus pensamientos se pone de pie y se va caminando de prisa.

Anya entra al departamento de Chris, las luces están apagadas, enciende la llave de la luz, el silencio invade el lugar.

—¡Chris! —su voz resuena.

Extrañada va hacia la habitación y luego al baño, definitivamente Chris no está. Abrumada vuelve a la habitación y se deja caer en la cama. Esta decidida a aguardar la llegada de Chris, saca su celular y mira la pantalla buscando alguna novedad, pero el cansancio termina por vencerla y se queda dormida esperando.

Al día siguiente Anya se despierta perturbada, mira hacia un costado buscando a Chris, se sienta en la cama, busca su celular entre el cubrecama desarreglado, mira la hora, se frota los ojos. Lentamente se levanta, camina arrastrando los pies hasta la cocina, apoya los codos sobre la isla e intenta enviarle un mensaje a Chris pero para su sorpresa la ha bloqueado, enojada da un golpe con el puño cerrado sobre la mesada y respira profundo tratando de contener su enojo. Mete la mano adentro del bolsillo de su campera, saca el manojo de llaves y las tira encima de la isla, se marcha a toda prisa cerrando la puerta de entrada con un portazo.

En una modesta casa ubicada en algún suburbio se encuentra Chris desayunando junto a Claire. Sobre la mesa revestida con un mantel de plástico floreado en tonos rojos, hay algunas tostadas de pan casero y un frasco de mermelada de durazno abierto casi completo. Chris bebe un sorbo de su taza de café.

—Gracias por todo Claire —dice con voz suave.

—Basta de agradecerme, me alegro de que me hayas llamado, en mi casa tienes las puertas abiertas para venir cuando quieras —dice amablemente.

Chris sonríe cabizbaja.

—¿Te volvió a llamar?

—No sé, la tuve que bloquear.

—Mira, por favor no lo tomes a mal, pero creo que ella es una buena chica, se equivocó, sí, pero estoy segura que debe estar muy preocupada por ti, se nota que le importas, nadie se para delante de todos y cuenta su historia como lo hizo ella aquella vez en la terapia, abrió su corazón y te mostro su lado mas débil para ayudarte a ti —hace una pausa —. ¿Te puedo dar un consejo de madrina?

Chris afirma con la cabeza.

—Dense la oportunidad de hablar y aclarar las cosas. Ella debe estar sufriendo tanto como tú.

Sin omitir palabra Chris continúa bebiendo su taza de café, con la mirada abstraída.

Han pasado varios días desde aquel penoso episodio. Es de noche; Anya se encuentran cenando pizza de mozzarella junto Alex en su departamento, sobre la mesa están los celulares de ambas junto a varios bordes de pizza apartados encima de una servilleta de papel.

—No entiendo porque no te gusta comer los bordes de la pizza, es lo más crocante —dice Anya mientras toma uno de los bordes y come.

—No los como porque se que te gustan a ti —dice bromeando.

Anya se sonríe.

—¿Supiste algo de Chris? —pregunta Alex.

—No, la última vez que hablé con su terapeuta me dijo que ella estaba bien, asique no tengo de que preocuparme —responde Anya con sosiego y desanimada.

—¿Y tú como estás?

—Con la cabeza concentrada en ganar la pelea, ahora es lo único que me importa —poco convincente.

Suena el timbre.

—Debe ser el chico de la heladería, ya vuelvo.

Cuando Anya sale del departamento, Alex toma el celular de Anya y por mensaje se envía a su teléfono el contacto de Chris, enseguida lo borra para no dejar rastro de su indiscreción, deja el celular de Anya en el mismo lugar y se agenda el numero de Chris en su propio móvil, de inmediato le envía un mensaje: **Soy Alex, necesito hablar contigo, te espero mañana al cierre en la cafetería, Anya no sabe nada de esto.**

Anya regresa con una bolsa de papel en la mano, apurada Alex coloca su celular sobre la mesa con al pantalla para abajo.

—¡Epa! ¿En qué andas vos? Que escondés así el celular —dice Anya chicaneándola.

—Nada, es un proveedor que ya me cansé de decirle que no me escriba a cualquier hora. ¿Qué película vemos?

—Nada de románticas, quiero ver una de acción con muchos tiros y sangre —dice mientras saca de adentro de la bolsa el pote de un kilo de helado junto con dos cucharas pequeñas plásticas de color blanco y lo deja sobre la mesa ratona.

Enseguida ambas se sientan en el sillón, Anya enciende el televisor con el control remoto mientras Alex destapa el pote de helado y lo prueba.

—Mmmmm que rico que está esto, prueba —dice Alex mientras carga un poco de helado en la cuchara y se la extiende a Anya.

Anya acerca su boca a la cuchara sin dejar de mirar el televisor, aprovechando su distracción Alex lleva la cuchara hacia su nariz provocando un enchastre en su rostro.

Sorprendida y alegre, Anya se lanza sobre Alex y forcejean divertidamente, quedando una encima de la otra, repentinamente Alex besa a Anya cerca de su comisura izquierda quitándole algo del helado. Anya se paraliza.

—Perdóname, yo…

—Está bien —dice Anya interrumpiendo y se sienta en el sillón —. Tomá, buscá vos la película, me voy a limpiar —le dice mientras le pasa el control remoto y se retira hacia el baño.

Dentro del pequeño baño, Anya abre la canilla del agua fría del lavado y se limpia la cara, se queda unos instantes mirándose al espejo, las gotas del agua recorren su rostro, pronto toma la toalla de algodón verde claro y se seca.

Al salir se encuentra con Alex parada cerca de la puerta de salida con su campera de jeans puesta.

—¿Te vas? —pregunta Anya sorprendida.

—Sí —responde acongojada.

—¿Te veo el sábado a la noche?

—Por supuesto, no me lo perdería por nada del mundo —responde esbozando una leve sonrisa.

Anya abre la puerta, intercambian un incómodo beso en la mejilla, Alex amaga a irse pero repentinamente se lanza contra Anya y se trenzan en un prolongado y apasionado beso. Sus cuerpos comienzan a excitarse, de repente Anya se detiene, respira y exhala el aire contenido, se aleja unos centímetros.

—Yo… —atina a decir Anya avergonzada.

Alex la interrumpe tapando su boca con sus dedos, enseguida se retira sin emitir palabra.

Anya cierra la puerta, resuella aliviada.

Al día siguiente Anya realiza su habitual recorrido al trote por la plaza, lleva los auriculares puestos escuchando la playlist de sus amados The Rolling Stones; el cielo esta completamente despejado y el sol comienza a calentar la tibia mañana, mira su reloj y se desvía de la plaza para recorre las calles que pronto la llevan hasta la puerta del gimnasio, detiene el cronómetro del reloj e ingresa al lugar.

Adentro la espera Toni, con una exultante sonrisa.

—¿Cómo anda mi chica?

—Bien, ansiosa —responde tratando de recuperar el aire.

—Bueno, tranquila hoy vamos a entrenar duro por última vez y después quiero que descanses bien; cuerpo, alma y cabeza enfocadas en la pelea. ¿Estamos? —pregunta con firmeza.

—Por supuesto, vas a estar orgulloso de mí.

—Ya lo estoy, no dudo de que lo vas a lograr —hace una pausa para mirarla con un gesto de emoción en sus ojos —. Vete a preparar que arrancamos —le palmea suavemente la cara.

Alex se encuentra en la cafetería subiendo las sillas arriba de las mesas junto a la nueva empleada, una joven de cabello castaño oscuro, de unos veinte años de edad.

De repente escucha que golpean la puerta de entrada. Levanta la mirada y ve a Chris detrás del vidrio.

—Puedes irte, yo termino aquí —le dice a la joven.

—¿Segura? —dice con expresión de asombro.

—Sí, vete tranquila, cuando salgas deja entrar a la chica que está afuera por favor.

Inmediatamente la joven se quita el delantal negro, toma su mochila detrás del mostrador y se encamina hacia la puerta de salida, al abrir la puerta le da paso para que ingrese Chris y luego ella sale despidiéndose con una tenue sonrisa.

—Hola, gracias por venir, siéntate por favor —dice Alex mientras aparta una silla de una mesa.

Chris se aproxima lentamente y se sienta en la silla indicada por Alex, quien se sienta frente a ella.

—¿Quieres tomar algo?

—No, gracias. Dime para que me pediste que viniera —dice tajante.

Alex resuella para tomar impulso.

—Quería hablarte de lo que sucedió con Anya.

—No hace falta que me digas nada, yo lo vi claramente —dice sarcástica.

—Lo que tú viste fue solo un beso —dice interrumpiendo—. Entre Anya y yo no sucedió, ni sucederá nada y te aseguro que no es porque yo no lo haya intentando, sino porque Anya no me lo permitió; ella te ama a ti.

—¿Y tú cómo sabes eso? —pregunta ofuscada.

—Porque es evidente. Mira Chris, creo que si a ti no te interesa saber nada más de Anya seria bueno que en vez de seguir escondiéndote, seas sincera para que ella pueda seguir adelante.

—Claro, así te dejo el camino libre a ti, ¿verdad? —dice irónica.

—No se trata de mí, Anya todavía te espera y hasta que tú no seas clara con lo que sientes, ella va a seguir sufriendo. Anya es una mujer extraordinaria y merece estar bien y si tú no quieres ser parte de su vida seria bueno que la dejes ser feliz.

Chris resuella tratando de mantener su postura defensiva.

—¿Tienes algo más para decirme? —pregunta arrogante mientras se pone de pie.

—Sí, supongo que ya lo sabes, pero el sábado es la pelea, estoy segura de que a Anya le gustaría verte ahí.

Sin omitir palabra Chris se retira del local.

Capítulo 4

Finalmente ha llegado la gran noche, sobre el ring ubicado en el centro del estadio, se encuentran dos boxeadores disputando el último round de la pelea telonera, el público grita exultante, llegando a ocupar casi el cien porciento de la capacidad del lugar. Alex aguarda impaciente sentada en la primera fila junto al cuadrilátero.

Mientras tanto en uno de los vestuarios Toni se encuentra terminando de realizar el vendaje en las manos de Anya, la cual se encuentra sentada sobre una camilla de hierro despintada de color gris; viste el short que le obsequio Toni y un top deportivo color negro, lleva el pelo recogido con una trenza tipo espiga. Toni da las últimas vueltas a la venda sobre la mano derecha y lo sella con cinta de tela blanca. Anya mueve las manos para amoldarse, en tanto Samuel, el ayudante de Toni, un hombre calvo de baja estatura, acomoda en su caja plástica los elementos de primeros auxilios. Se escucha que golpean la puerta.

—Adelante —dice Samuel mientras cierra la caja con el seguro.

Inmediatamente ingresa la árbitra, una mujer de baja estatura, cabello oscuro recogido con una cola tirante hacia atrás; viste su tradicional camisa a rayas y pantalón negro.

—Buenas noches —saluda la árbitra.

—Buenas noches —responden a coro Anya y Toni.

—A ver esas manos —dirigiéndose a Anya.

Anya extiende las manos y la árbitra chequea los vendajes.

—En cinco minutos salen primero ustedes —anuncia y luego se retira.

Anya resuella, de un salto se pone de pie y se acomoda el protector de la cintura. Toni le coloca el guante izquierdo y lo ata, de la misma manera prosigue con el guante derecho.

—Tranquila. ¿Qué tienes que hacer? —pregunta Toni a Anya.

—Mantenerme alejada y esperar el momento para atacar —responde segura.

—¡Perfecto! Debes mantener la calma y todo saldrá bien.

Toni le ayuda a colocarse la bata de seda negra y le pone la capucha en la cabeza, Anya lanza algunos golpes al aire para descargar la adrenalina que siente en este momento.

—¿Lista? —pregunta Toni.

Anya afirma con la cabeza y golpea las guantes entre si.

Toni, Samuel y Anya caminan por el pasillo oscuro que los conduce hasta la entrada del estadio, se escucha el bullicio del público ansioso que corea el nombre de "la pantera", claramente es la favorita de la mayoría de los presentes.

Un organizador del evento les hace una seña para que se detengan justo sobre la entrada, hace ademán como recibiendo instrucciones a través de un auricular conectado al Handy que lleva agarrado en el cinturón de su pantalón. Los reflectores van y vienen haciendo un juego de luces. Enseguida el presentador sube al ring, viste de smoking negro, camisa blanca y moño al tono del traje, su cabello oscuro con entradas marcadas esta delicadamente peinado hacia atrás, en su mano izquierda tiene una hoja con anotaciones en Word; el micrófono modelo shure 55, desciende desde los andamios armados encima del cuadrilátero. El presentador alcanza el micrófono y llena sus pulmones de aire.

–¡Damas y caballeros! ¡Sean todos ustedes bienvenidos a la última pelea de la noche por el título mundial femenino de peso wélter! –el publico grita entusiasmado –. ¡En la esquina roja, pesando sesenta y cuatro kilogramos y midiendo un metro con sesenta y ocho centímetros, con catorce peleas ganadas, una empatada y cero derrotas, desde Argentina, llega la retadora, Anya "la leona" Torresssss! –dice arrastrando la letra S final.

El tema musical *"María, María" de Miss Bolivia* suena a gran volumen al ritmo de la cumbia:

Ahí viene, ahí viene
Por el barrio viene
Viva la vida leona María
De paso firme
Pan y trabajo
Mirada al frente
Cabeza arriba
Ahí viene, ahí viene
Por el barrio viene
Con pan y rosas
Cumbia y alegría
Poniendo el cuerpo
Marcado a fuego
Con barrio y garra
De noche y día
Pero te falta la fuerza
Te falta la raza
Te falta las ganas siempre
Dentro del cuerpo y las marcas
María, María confunde dolor y alegría...

Los reflectores iluminan a Anya, quien avanza a paso firme, con la mirada seria puesta en el horizonte, escoltada por Toni y Samuel. Algunos de los presentes la aplauden y otros la abuchean. Anya parece no escuchar nada, concentrada se sube al ring y saluda hacia el público, donde alcanza a ver a Alex, quien la saluda agitando su mano, Anya le devuelve una sonrisa mostrando su protector bucal blanco. Nota que la silla destinada a Chris al lado de Alex esta vacía, desilusionada baja la mirada y sacude su cuerpo volviendo a concentrarse en la pelea, Toni la ayuda a quitarse la bata.

—¡Y en la esquina azul, llega con un pesaje de sesenta y seis kilogramos y midiendo un metro con setenta y un centímetros de altura, con veinte peleas ganas y cero derrotas desde Puerto Rico, hace su entrada la actual campeona mundial! ¡Andrea "la pantera" Acuñaaaaa! —relata el presentador arrastrando la A final y se baja del ring inmediatamente.

El ambiente estalla con al canción titulada *"Impacto"* del conocido cantante de reggaetón *Daddy Yankee*:

Pégate para acá y siente el impacto
Pégate para acá y siente el impacto
Pégate para acá, pégate para acá
Pégate para acá y siente el impacto
Pégate para acá y siente el impacto (por ahí viene el castigo)
Pégate para acá y siente el impacto. (El cartel)
Pégate para acá, pégate para acá
Pégate para acá y siente el impacto…

Luces de colores, humo artificial y el público eufórico hacen una entrada espectacular de "la pantera", quien avanza hacia el cuadrilátero con una actitud intimidante, segura de si misma, lanza algunos golpes al aire para sobreexcitar a la gente. Lleva puesta una bata se seda con la bandera de su país, short y top deportivo a tono.

En medio de la muchedumbre aparece Chris, caminando por el pasillo que la conducen hacia el asiento reservado para ella, se ve esplendida, maquillada delicadamente, peinada con una cola tirante y vistiendo un vestido negro corto, al cuerpo. Nadie se percata de su presencia ya que todas las miradas están puestas en la boxeadora estrella que sube al ring y alza sus manos ya sintiéndose victoriosa.

Sorprendida Alex, corre sus piernas para darle espacio para que Chris ocupe su asiento.

—Gracias por reservarme el asiento —dice Chris esbozando una sonrisa.

—Que bueno que estés aquí, no puedo más de los nervios —dice Alex alegre.

—Yo estoy igual, me imagino como debe estar Anya —dice mientras mueve la cabeza tratando de visualizar a Anya entre medio de los que ocupan el ring.

—¡Vamos Anya! —grita Chris haciendo con sus manos un embudo para amplificar su voz.

Anya reconoce la voz de Chris y cabecea, pero no alcanza a verla, Toni le toma la cabeza.

—Hey, concéntrate aquí —dice Toni llamándole la atención.

Anya afirma con la cabeza y se sonríe.

Los asistentes de "la pantera" le quitan la bata y ella se desplaza lateralmente por todo el cuadrilátero saludando a su público.

La árbitra se hace presente.

—Segundos afuera —solicita con voz firme.

Toni, Samuel y los asistentes de "la pantera" bajan del ring y se acomodan en las respectivas esquinas.

Anya y su contrincante están paradas frente a frente, la árbitra en medio de ellas les da las últimas directivas, sus palabras retumban como eco en la cabeza de Anya, quien está concentrada en la mirada de "la pantera" que la mira desafiante.

—Salúdense —finaliza la jueza.

Ambas chocan sus guantes.

—Hoy se termina tu suerte —lanza amenazante "la pantera".

Ambas dan unos pasos hacia atrás y Anya se pone en guardia, mientras que su rival se muestra relajada con la guardia baja.

—¡Box! —grita la árbitra y marca el inicio del primer round al bajar su brazo.

El reloj ya está en marcha, transcurren los primeros segundos de los dos minutos del primer asalto. Quedan por delante nueve rounds más, todo puede pasar. La gente eufórica no deja de alentar. Chris y Alex se notan nerviosas, expectantes.

Ambas boxeadoras se mueven en círculo, parecen estudiarse con la mirada. "La pantera" sostiene un brazo arriba y el otro abajo, Anya mantiene la guardia alta. Su rival lanza dos golpes seguidos a los que Anya esquiva con gran agilidad y le responde conectado su puño derecho sobre el bazo de su contrincante, quien se nota enojada y contraataca prácticamente lanzándose encima, la lleva contra las cuerdas y comienza a golpearla, Anya se cubre tratando de frenar los golpes.

—¡Aléjate de ahí! —grita Toni.

Anya termina abrazando a su rival y la árbitra las separa. "La pantera" toma impulso y va nuevamente a la carga, esta vez

Anya logra escapar de las cuerdas y le responde con un *"Crochet"* en el oído izquierdo, aturdida pero lejos de acobardarse, su rival trata de acercarse enfurecida pero Anya maneja una distancia prudencial, "la pantera" muestra una frustración notoria, los segundos corren y el primer round llega a su fin.

Las boxeadoras van a sus respectivas esquinas y se sientan en las banquetas plásticas provistas por sus entrenadores.

—¿Cómo estás? —le pregunta Toni mientras le quita el protector bucal.

—Bien —responde agitada, mientras se enjuaga la boca con el agua que bebe de la botella que sostiene Samuel y luego la escupe sobre un balde plástico.

—Sigue manteniendo la distancia, eso la pone nerviosa, has que se equivoque y aprovecha el momento para atacar. Cuidado con su mano derecha que la deja colgando y la tiene pesada —dice Toni certero y le vuelve a colocar el protector bucal.

Los sucesivos rounds transcurren de similar manera Anya recibe varios golpes, pero también logra conectar sus puños contra el cuerpo de su oponente provocándole un pequeño corte sobre su pómulo izquierdo.

Al finalizar el round ocho el ojo derecho de Anya esta hinchado, al igual que su labio superior, se nota cansada y bastante mal trecha. De todas formas la pelea es pareja y los puntos están repartidos entre ambas.

Anya se encuentra sentada en su banqueta, mientras recibe la atención de Toni y Samuel, quien le coloca una toalla húmeda sobre el cuello.

—¿Puedes ver con ese ojo? —pregunta Toni preocupado.

—Todavía sí —responde tratando de encontrar el aire.

—Solo quedan dos rounds, seguro va a intentar seguir golpeándote en el ojo, cuidado —le advierte.

Suena la campana del inicio del noveno round, el público se mantiene eufórico, Chris y Alex no pueden disimular su preocupación.

Tal como le anticipó Toni, "la pantera" busca golpear su ojo derecho, en uno de sus intentos logra pegarle en la cabeza con un *"Swing"*, justo en la herida que había sido provocada por el botellazo, inmediatamente comienza a sangrar, el recorrido de la sangre le nubla aun más su vista. Algo aturdida, Anya no puede esquivar el próximo golpe *"Directo"* al mentón y cae de rodillas, inmediatamente la jueza aparta a "la pantera" que se abalanza sobre ella dispuesta a rematarla.

La gente embravecida disfruta del momento, mientras Chris grita desesperada el nombre de Anya, pero su voz se pierde en medio del bullicio; Alex se toma la cabeza impotente.

La jueza inicia la cuenta regresiva.

—Vamos, levántate, tú puedes —la anima Toni eufórico.

Anya se levanta lentamente agarrándose de las cuerdas. Respira hondo tratando de recuperar las fuerzas.

—¿Puedes continuar? —pregunta la jueza.

Anya afirma con la cabeza. La pelea continúa. Como una fiera cegada dispuesta a atacar a su presa, "la pantera" va contra Anya, la arrincona contra las cuerdas y castiga su cuerpo golpe tras golpe, Anya resiste cubriéndose con sus manos y brazos hasta que lanza un certero *"Gancho"* sobre la mandíbula de su oponente, quien tras trastabillar cae de espaldas sobre la lona, atontada enseguida se pone de pie con dificultad, Anya va contra ella, cuando justo suena la campana dando final este penúltimo episodio.

Ambas boxeadoras están en sus respectivos rincones, es el momento de la verdad, quien pegue primero se lleva el triunfo. Anya lo sabe y sacude su pierna nerviosa mientras Toni le quita el protector bucal, le da de beber agua con la que se enjuaga la boca y escupe dentro del tacho plástico que sostiene Samuel. Toni le limpia la sangre de su rostro mientras su asistente intenta parar la sangre que brota de su cabeza.

—Tranquila, piensa bien lo que vas a hacer, está enojada porque lograste tirarla, ella tiene la obligación de ganar y se va a venir con todo, no entres en su juego. Boxea como tú sabes —dice Toni alentándola.

Suena la campanada final, Toni le coloca el protector bucal y le palmea suavemente la espalda. Enseguida se baja del ring junto a Samuel. Anya resuella y se encamina hasta el centro del ring, concentrada en su respiración, desaparecen todos los ruidos de su alrededor, los latidos de su corazón retumban en su cabeza, todo depende de ella, sola con sus puños contra una oponente que destella furia en sus ojos. "La pantera" comienza a lanzar golpes como una principiante frustrada, esperando terminar pronto con la pelea. Anya escapa de su alcance recorriendo todo el cuadrilátero.

Los segundos van pasando, aprovechando un envión fallido de su contrincante Anya conecta varios golpes combinados en su cuerpo que logran dañarla, al lanzar un *"Gancho"* de derecha deja expuesta su cabeza, "la pantera" lo esquiva y le devuelve un golpe malintencionado en la nuca que la deja mareada. Inmediatamente la jueza las separa y le indica a "la pantera" la penalización por golpe ilegal. Aturdida, Anya abre y cierra sus ojos tratando de encontrar el eje y mantenerse de pie. La jueza corrobora el estado de salud de Anya, quien hace su mayor esfuerzo por convencerla de que puede seguir peleando. Por supuesto que no se iba a dar por vencida y menos ahora que solo restan unos escasos segundos para que se termine la pelea. El round se reanuda, como último recurso para hacer correr el tiempo restante, Anya tira varios *"Jab"* para mantener alejada a su rival, que inútilmente intenta acercarse. La campana salvadora suena, dando final a esta extenuante pelea.

De inmediato Toni sube al ring para contener a Anya, preocupado, le toma el rostro con ambas manos y la mira a los ojos, le besa la frente, la abraza y la lleva al rincón ayudándola a sentarse en la banqueta. Samuel le quita los guantes y le coloca una toalla húmeda en el cuello.

—¿Cómo estás? —pregunta Toni.

—Mareada —responde con la voz entrecortada.

Toni le acaricia la cabeza mientras le da de beber agua.

El público expectante se entusiasma al ver que la jueza llama al centro del ring a las boxeadoras. Con las pocas fuerzas que le quedan Anya se pone de pie y se acerca, la jueza la toma de la muñeca al igual que a su rival, comienza la lectura de las tarjetas de puntuación por parte del presentador. El malestar le impide escuchar con atención, la voz del presentador, la euforia de la gente, su propia respiración parecen aunarse en un solo sonido punzante en su cabeza. Finalmente siente que la jueza levanta su brazo derecho, declarándola ganadora, Toni la abraza y Anya se desvanece en sus brazos. Todo el entusiasmo se reduce a gritos desesperados y preocupación. Anya no reacciona y los médicos que la asisten deciden retirarla en camilla del escenario. Chris desesperada corre y alcanza a verla de cerca mientras se la llevan de prisa hacia el sector de vestuarios.

—¡Anya! —grita desesperada.

Alex llega por detrás y se abrazan conteniéndose una a la otra.

Dentro del vestuario los médicos actúan rápido y le revisan los signos vitales, su respiración es normal, pero sigue desvanecida.

—Vamos a tener que llevarla urgente al hospital para hacerle estudios —le informa el médico a Toni.

—Yo voy con ella —responde afligido.

Inmediatamente salen del vestuario donde se topan con Chris y Alex que ven pasar la camilla delante suyo.

—¿A dónde la llevan? —pregunta Chris.

—Al hospital central —responde Toni sin detener su paso.

—Vamos —le dice Chris a Alex y ambas se van deprisa en dirección contraria.

Luego de pasar por varios estudios médicos Anya reposa bajo un coma inducido, sobre una cama de la habitación trescientos trece del hospital. Iluminada con una luz muy tenue. De paredes blancas, en una de ellas hay un cuadro colgado de arte abstracto en tonos grises, rojos, amarillos y blancos; hay un ventanal por donde se alcanza a ver el cielo estrellado, unas cortinas de color beige la decora, son del mismo tono que el cubrecama que le dan un toque de color a las sabanas blancas de algodón. La luz del baño está encendida y se filtra por la puerta entreabierta. Hay un ropero de medianas dimensiones con puertas corredizas en color wengue, donde se asoma el bolso de Anya. La bata blanca con pequeños lunares violetas van a tono con los moretones que le han brotado en su rostro. Las heridas de su cabeza están curadas y la inflamación de su ojo derecho parece unirlo en una sola pieza con su pómulo. Su respiración y ritmo cardiaco son monitoreados por unos aparatos que emiten un pitido intermitente.

Toni se encuentra a su lado sentado sobre un sillón de cuero negro reclinable, tomándole la mano.

—Tienes que ponerte bien campeona —dice mientras se seca las lágrimas. Enseguida besa su mano y se retira de la habitación.

Al salir se encuentra con Chris y Alex sentadas en unos sillones de cuero blanco ubicados en la sala de espera, al verlo se ponen de pie inmediatamente.

—¿Cómo se encuentra? —pregunta Alex angustiada.

—La indujeron al coma, hay que esperar los resultados de los estudios.

—¿Puedo pasar a verla? —pregunta Chris acongojada.

Toni afirma con la cabeza y le da paso. Chris se apresura e ingresa a la habitación cerrando la puerta detrás.

Impactada al ver a Anya en ese estado no puede evitar el llanto. Lentamente se acerca a la cama mientras se seca las lágrimas con ambas manos, se detiene a un costado, besa su frente con un suave y prolongado beso, una lágrima se filtra y termina besando también la frente de Anya.

—Hola mi amor, soy yo, Chris… Perdón —dice con la voz quebrada y sale a paso ligero.

Al salir de la habitación pasa a paso lijero, llorando, cabizbaja, por delante de Alex y Toni quienes la miran sorprendidos.

—¡Chris! —la llama Alex inútilmente y se va tras ella.

Chris sale del hospital y se detiene tratando de recuperar el aire en medio de las lágrimas, Alex la alcanza.

—¿Qué sucedió? —le pregunta Alex.

—No puedo soportar verla así, soy una estúpida por todo este tiempo que perdí estando lejos de ella y ahora se puede mo…

—No lo digas —la interrumpe —. Pronto se va a poner bien vas a ver, van a tener todo el tiempo del mundo para estar juntas.

—¿Por qué haces esto?

—¿Qué cosa? —responde desconcertada Alex.

—Tú también estas enamorada de ella y sin embargo… —dice desconcertada.

—Anya es una mujer hermosa, con un gran corazón, cualquiera podría enamorarse de ella, pero te eligió a ti y contra eso no hay nada que hacer —hace una pausa —. Ella ahora te necesita.

Llega Toni con aspecto de abatido.

—¿Anya se encuentra bien? —pregunta Chris alarmada.

—Sí, por ahora no hay nada que podamos hacer, hay que esperar. Mañana vengo temprano para hablar con médico.

—Yo me quedo esta noche —dice Chris.

—¿Por qué mejor no vas a descansar y mañana vienes? —le sugiere Alex.

—Tiene razón, esto recién empieza y no sabemos cuanto puede durar —dice Toni.

—No, quiero estar con ella —dice segura.

—Bueno, cualquier novedad llámame por favor —dice Alex.

Chris afirma con la cabeza y vuelve a entrar al hospital.

Ya dentro de la habitación, Chris se encuentra sentada en el sillón, tomando la mano de Anya, su mirada cristalizada por las lágrimas le suplica que se despierte pronto. Repentinamente comienza a entonar una canción con voz suave y al ritmo de jazz:

—Here I go again
Hear that knockin' won't you let me in
Only want that same old thing
Yet it's me here ring, ring, ring
I want your love
Wake up my love
And let it in
Well you know it's me out here
Can't give up now let us make that clear
All I've had's the run around

Though I'm barking like some hound
I want your love
Wake up my love
And let it in
I want your love
Wake up my love
And let it in
My life's been so many ways
Too much darkness gets me crazed
All around us people fight
Christ I'm looking for some light
Inside your love
Wake up my love
And let it in
I don't have no friends of mine
Who can swing me down that vine
Not much sense in what I do
That is why I'm calling you
Inside my love
Wake up my love
And let it in
I want your love
Wake up my love
And let it in
I want your love
Wake up my love
And let it in...

Han pasado treinta dos noches, en las cuales Chris entona una y otra vez la misma canción. Según dicen los médicos Anya ya debería de haber despertado del coma, pero aún no ha mostrado signos de querer "despertar".

En la noche número treinta y tres todo sigue igual, Chris no está presente porque se encuentra cumpliendo un compromiso de trabajo. Anya se encuentra sola en la habitación, exactamente en el mismo lugar que el día uno. Duerme, despierta y flota, duerme, despierta y flota, duerme despierta y flota, duerme, despierta y flota, duerme, despierta…

—*Anya despierta —dice una voz de mujer susurrando.*

A la mañana siguiente entradas las seis a.m. Chris ingresa a la habitación cargando su bolso de cuero negro y en la otra mano un vaso de polipapel con tapa, ambos en color blanco y un logo verde de una reconocida cafetería, el cual se le cae al piso al no ver a Anya en su cama. Una empleada de limpieza se encuentra retirando las sábanas.

—¿Dónde está? —pregunta entrando en pánico.

La empleada la mira desconcertada.

—¡Anya! —grita mientras la busca en el baño inútilmente.

De inmediato sale corriendo por el pasillo.

—¡Anya! ¡Anya! —grita desesperada.

—¿Qué sucede? —pregunta una enfermera alarmada vistiendo su blanco e impoluto uniforme.

—¿Dónde está?

—¿Quién? —interroga con su acento latino.

—Anya no está…

—Tranquila. ¿En que habitación estaba?

—Trescientos trece.

—Espérame que voy a averiguar que sucedió —se retira deprisa.

Chris se toma la cabeza desesperada, enseguida mete la mano dentro de su bolso, saca su celular y marca el número de Alex.

—Hola —se escucha del otro lado la voz perezosa de Alex.

—Anya no está —dice Chris alarmada.

—¿Qué? —pregunta confundida.

—No sé que pasó, llegué y su cama estaba vacia —dice angustiada.

—Voy para allá…

Se corta la comunicación.

Toni se encuentra recostado en su cama, se sobresalta al escuchar ruidos en el salón, se pone de pie y se asoma lentamente, alcanza a ver una sombra en medio de la oscuridad que golpea una de las bolsas. Extrañado enciende el interruptor de la luz y uno a uno se van encendiendo los tubos de luz led. Se queda pasmado al visualizar de quien se trata.

—¡Anya! —dice sorprendido.

Inmediatamente Anya deja de golpear la bolsa y gira para ver a Toni. Viste un conjunto deportivo negro con las tres tiras en un plateado brilloso y zapatillas desatadas sin medias, su cabello esta bastante revuelto. Su palidez y sus ojeras pronunciadas llaman la atención.

—¿Qué haces aquí? —pregunta mientras se acerca a ella.

—No sé, me desperté en el hospital, empecé a caminar, y llegue hasta acá —dice aturdida. —. ¿Por qué no tengo fuerza? —pregunta mientras mira sus manos temblorosas.

—Ven. —la toma del brazo y acompaña su paso.

Toni enciende la luz de su oficina e ingresan. Ayuda a Anya a sentarse en la silla y levanta el tubo del teléfono.

Anya mira a su alrededor mientras Toni espera que atiendan su llamado. Anya se pone de pie al ver su cinturón de campeona sobre la repisa.

—¿Gané? —pregunta alegre.

Toni cuelga el teléfono.

—Sí, peleaste increíble, como la leona que eres —dice mientras toma el cinturón y se lo entrega.

Anya lo agarra y lo mira atónita.

—Lo logré —afirma orgullosa.

Enseguida abraza a Toni, quien llora entre una congoja y alegría.

—¿Qué fue lo que sucedió? —pregunta Anya confundida al mismo tiempo que toma distancia.

—Tuviste un fuerte golpe en la cabeza —hace una pausa —. Pensé que te perdía para siempre —dice Toni reponiéndose.

—¿Pensaste que te ibas a librar tan fácil de mí? —pregunta bromeando.

Enseguida su sonrisa se desvanece cuando siente que sus piernas se aflojan. Toni alcanza a sostenerla y evita la caída.

—Tenemos que volver al hospital —dice Toni preocupado.

Anya afirma con la cabeza.

Chris y Alex se encuentran sentadas en el hall principal de hospital se notan preocupadas. Chris alcanza a ver a la distancia a Toni hablando con un médico, de cabello negro y canoso, bien rasurado, debajo de su guardapolvo lleva un ambo blanco inmaculado y calza unos zuecos de goma negra; concluida la charla, el médico se retira en dirección contraria a ellas.

—¡Toni! —exclama Chris y se apresura para llegar a su encuentro.

Alex la sigue detrás.

—Anya… —alcanza a decir Chris agitada.

—Sí, quédate tranquila, ya está aquí.

—¿Cómo? —pregunta Alex sorprendida.

—Se apareció en el gimnasio esta mañana.

Chris y Alex se miran sorprendidas.

—¿Pero está bien? —pregunta Chris saliendo de su asombro.

—Estaba un poco confundida. Le hicieron nuevos estudios, el doctor dice que es posible que no recuerde ciertas cosas. La van a dejar en observación y si sale todo bien mañana le dan el alta.

—¿En que habitación está? —pregunta Chris.

—En la misma de antes.

Inmediatamente Chris se retira y se dirige a paso firme hasta la puerta de la habitación trescientos trece, respira hondo e ingresa.

Anya se encuentra sentada en el borde de la cama, mirando hacia la ventana, viste la misma bata blanca. Al escuchar que la puerta se abre gira y ve a Chris que se aproxima rápidamente esbozando una leve sonrisa.

—Hola mi amor, que bueno que estés bien —dice Chris mientras la abraza.

Anya se queda perpleja, la abraza levemente.

—¿Cómo te sientes?

—Bien, un poco confundida —hace una pausa mientras hace contacto visual con Chris —. Perdoname… Vos y yo…

—Soy Chris, tu novia. ¿No me reconoces?

—Hay cosas que todavía no puedo recordar —dice apenada.

Chris respira profundo tratando de disimular su fastidio. Se frota la frente con el dedo anular izquierdo.

Alex se asoma desde la puerta.

—Perdón, no quiero interrumpir —dice Alex.

Anya gira su torso inmediatamente.

—¡Alex! —dice Anya esbozando una leve sonrisa.

—Pasa, la que está sobrando aquí soy yo —dice Chris con enfado y sale del lugar ante la mirada acongojada de Anya.

A los pocos pasos Chris se encuentra con Toni, quien al verla llorar se preocupa.

—¿Qué sucede?

—Se acuerda de ella pero no de mí —dice mientras se seca las lágrimas presionando con firmeza las palmas de sus manos contra su rostro.

—Ten paciencia, ya te va a recordar.

—O no… ¿Qué pasa sino se acuerda nunca más de mí?

—¿La amas?

—¿Qué? —responde descolocada.

—Te pregunto si la amas.

—Sí, por supuesto que sí —afirma con seguridad.

—Entonces acompáñala, no bajes los brazos y si llegara a ser el caso de que Anya no recuerde su pasado contigo, quizás sea una buena oportunidad para construir un mejor presente juntas.

Chris se queda pensativa, el doctor se acerca a ellos y la saca de sus pensamientos.

—Buenas noticias, los estudios salieron todos bien, por lo tanto mañana le damos el alta médica —dice alegre el doctor y continúa —. Es importante que esté siempre acompañada por si llegara a haber alguna complicación.

—No hay problema, la llevo conmigo a casa —dice segura Chris.

—Bueno, cualquier cosa que necesiten me avisan. Hasta luego —dice mientras le estrecha la mano a Toni y a Chris para luego retirarse.

—Voy a darle la noticia a Anya —dice Chris y vuelve a entrar a la habitación.

Anya y Alex ríen sentadas al borde de la cama, al ver entrar a Chris cesan las risas. Se nota algo de tensión entre las tres.

—Mañana te dan el alta —finalmente lanza Chris esforzándose por sonreír.

—¡Genial! —exclama Alex tomándole la mano a Anya, enseguida se da cuenta de la mirada incómoda de Chris y le suelta la mano —. Bueno me tengo que ir, me hablas cualquier cosa que necesites —enseguida se retira bajando la mirada al pasar junto a Chris.

Chris resuella y se acerca a Anya.

—¿Cómo estás? —le pregunta Chris mientras se sienta a su lado.

—Bien —responde tímidamente sin dejar de mirarla.

—Si estás de acuerdo, mañana te vienes conmigo a casa.

Anya afirma con la cabeza, sus miradas se cruzan en silencio por unos instantes. Anya le acaricia suavemente la mejilla izquierda, Chris recuesta su cabeza sobre la mano de Anya y disfruta del arrumaco.

—¿Sos vos? —pregunta Anya en tono de afirmación.

Chris la mira confundida.

—Eras vos la que me cantaba por las noches.

Chris sonríe y enseguida comienza a entonar la canción:

—*Here I go again*
   Hear that knockin' won't you let me in
   Only want that same old thing
   Yet it's me here ring, ring, ring
   I want your love
   Wake up my love…

Anya apoya su cabeza sobre el regazo de Chris y ella le acaricia el cabello mientras continúa cantando.

Al día siguiente Anya ya se encuentra instalada en el departamento de Chris, están almorzando su pizza favorita de doble mozzarella, sobre la isla de la cocina, hay varias servilletas de papel sucias desparramadas alrededor de la caja de cartón junto a dos vasos de agua casi vacios.

—Voy a ir al gimnasio —comenta Anya después de tragar el último bocado de su porción.

—Deberías de descansar hoy.

—Lo sé, pero quizás ahí pueda recordar algo más.

—No te exijas, el doctor dijo…

—Sí, ya sé lo que dijo el médico —dice interrumpiendo elevando la voz, hace una pausa y respira profundo —. Perdoname, no quise gritarte, pero entendeme, es horrible estar así, necesito volver a conectar con mi mundo, o al menos intentarlo, no puedo quedarme sentada esperando a que simplemente suceda.

—Ok —dice Chris resignada —. Yo te llevo, no puedes andar sola por ahí —se limpia la boca con una de las servilletas usadas y se pone de pie.

Ya dentro del gimnasio Chris mantiene una distancia prudencial de Anya, la cual se acerca a Toni, quien se encuentra entrenando a un grupo de mujeres jóvenes en el sector de las bolsas. Al detectar su presencia, todas dejan su actividad y la miran admiradas.

—¡Leona! —exclama una joven de aproximadamente veinte años de edad.

—¿Nos viniste a entrenar? —pregunta otra de las chicas.

Anya y Toni se miran sorprendidos gratamente.

—Hoy no, pero quizás, ¿podría? —pregunta dirigiéndose a Toni.

—Por supuesto, estas chicas están aquí por ti, cuando te recuperes, te vamos a estar esperando —responde Toni alegre.

—Nos vamos a ver pronto entonces —dice Anya a las chicas y saluda a cada una con un choque de puños.

Mientras ellas siguen con su actividad, Anya va hasta el ring, lo mira con nostalgia, lo recorre de lado agarrada de una de las cuerdas, llega hasta la escalera y sube al cuadrilátero, reposando sobre una de las esquinas, cierra los ojos y respira lentamente.

—Aquí fue la primera vez que nos vimos —escucha la voz de Chris.

Abre los ojos y estira su brazo invitándola a subir. Chris sube por la escalera y Anya le abre paso entre las cuerdas, ya en el centro del ring se toman de las manos.

—Tú estabas entrenando con Toni, me acuerdo cuando te vi, dije: ¡Guau, que mujer hermosa! Ese mismo día te hice el amor en la ducha.

Anya esboza una mueca de sonrisa.

—Al principio nos llevábamos pésimo, yo no era la mejor versión de mí y sin embargo te quedaste a mi lado, siempre me pregunté porque me elegiste siendo la persona nefasta que era —dice avergonzada.

—No sé cuanto tiempo tardaré en recordar, quizás hayan cosas que no pueda volver a recordar nunca, pero me alegro de tenerte hoy en mi vida, aunque no estés en mis recuerdos, te siento acá —lleva su mano entrelazada con la de Chris a su corazón —. Eso es lo más importante.

Sus miradas cristalizadas por las lágrimas contenidas se cruzan por varios segundos.

—Esta es la parte de la película donde la chica besa a su novia —. ¿Qué estás esperando? —dice Anya bromeando.

Chris sonríe y de inmediato sus bocas se funden un apasionado y prolongado beso.

Las jóvenes al ver la escena detienen su entrenamiento y comentan por lo bajo.

—¡Vamos campeona! —grita una de ellas.

Enseguida las demás se suman entre aplausos y silbidos de aliento.

Chris y Anya sonríen avergonzadas, se abrazan fuertemente, se ven felices y eso es lo único que importa.

—¿Qué es el amor? —resuella —. El amor supone una gran entrega, pero sin perder la identidad de cada ser; es capaz de llevarnos a lugares inesperados. El amor es compartir, aprender, descubrir; donde hay amor, hay vida. Amar es un acto de valentía, donde no hay lugar para los cobardes; el amor es saber perdonar y profesar la empatía... Podríamos pasar horas tratando de definirlo, pero lo único seguro e indiscutible es que el amor es la base de todo, sin el nada tendría sentido, si el amor es fuerte, nada ni nadie puede romperlo, como mi amor por vos, hija mía, me alegra verte feliz, disfrutá la vida, desde el cielo, tu hermana y yo estamos cuidándote. Te amo. Mamá.

Epílogo

Anya, es una mujer nacida en Buenos Aires, Argentina, que presenta problemas de conducta violenta, los cuales son arrastrados desde su adolescencia. Luego de perder a su madre y a su pequeña hermana en un accidente automovilístico, emigra a la ciudad de Los Ángeles, California, en búsqueda de su padre. Las cosas no salen como esperaba y termina enredada en peleas clandestinas para sobrevivir, hasta que Toni, un boxeador retirado, interviene en su vida convirtiéndose en su protector y mentor, enseñándole a pelear por la gloria arriba del ring.

En un día de entrenamiento que parecía ser normal, aparece Chris, una famosa actriz latina que triunfa en Hollywood, a la que Anya debe entrenar para la interpretación de su próxima película. La atracción sexual entre ambas es inmediata pero las adicciones de Chris llevan a la relación al límite; en medio del conflicto Anya debe enfrentarse a la pelea más importante de su carrera, pero un hecho inesperado cambiará el rumbo de sus vidas.

Sobre la autora

Nacida en Buenos Aires, Capital Federal, el 19 de marzo de 1983, Nadia Cecilia Lavarda vivió toda su infancia y adolescencia en el barrio de San Justo, La Matanza junto a sus padres, su hermana y sus dos hermanos. Actualmente vive en el barrio porteño de Boedo. Es ex jugadora de fútbol profesional y eterna amante de este deporte. Mamá de su pequeña caniche Lupe. Casada con Florencia, su mujer desde hace once años. Es Realizadora Audiovisual, guionista, escritora y poeta. Autora de Ojos Verdes.

Agradecimientos

Inmensamente gracias a todos los que siempre me brindan su apoyo y cariño, amigos y familia, en especial a mi primo Julio por brindarme su ayuda en este nuevo sueño hecho realidad.

Gracias a la Flor más bella que me alegra todos los días. A la vida que me permite seguir escribiendo historias y sobre todo gracias a los lectores por dejarme contarles una historia nueva.

Con mucho amor.

Otros títulos de la Autora

OJOS VERDES

La primera novela de
NADIA LAVARDA

Esta es la historia de Ámbar, una mujer treintañera con un pasado doloroso, que acaba de salir de la cárcel y comienza un viaje para escapar de los recuerdos que la torturan, por eso adquiere una modesta casa en Villa Cañada del Sauce, una localidad pequeña situada en el departamento Calamuchita, provincia de Córdoba, Argentina. En el viaje hacia su nueva vida conoce a Romina, una hermosa ex modelo y empresaria de la moda. Ambas coinciden en la misma vivienda y conviven por algunos días, donde Ámbar comienza a sentirse atraída por ella, en medio de este enamoramiento utópico se descubre el pasado tortuoso de Ámbar, lo que genera controversias entre ellas.

Un acontecimiento inesperado las separa y desde entonces todo se vuelve cuesta arriba; la oscuridad se apodera nuevamente de su ser; solo queda saber si Ámbar se animará a mirar la vida y cambiar su destino.

DISPONIBLE EN FORMATO PAPEL Y DIGITAL   amazon books

 @NadiaLavardaEscritora    @nanulav    nadlav19@gmail.com

 @NanuLav19    @nanulav    Nadia Lavarda

Esneame para conocer más

www.ingramcontent.com/pod-product-compliance
Lightning Source LLC
Chambersburg PA
CBHW071920120726
48001CB00005B/1801